共和国故事

为国增光

——容国团获世乒赛男子单打冠军

李静轩 编写

吉林出版集团股份有限公司

图书在版编目（CIP）数据

为国增光：容国团获世乒赛男子单打冠军/李静轩编. —

长春：吉林出版集团股份有限公司，2009.12

（共和国故事）

ISBN 978-7-5463-1756-4

Ⅰ. ①为… Ⅱ. ①李… Ⅲ. ①纪实文学 – 中国 – 当代 Ⅳ. ①I25

中国版本图书馆 CIP 数据核字（2009）第 237710 号

为国增光——容国团获世乒赛男子单打冠军

WEI GUO ZENGGUANG　　RONG GUOTUAN HUO SHIPINGSAI NANZI DANDA GUANJUN

编写　李静轩

责任编辑　祖航　黄群

出版发行　吉林出版集团股份有限公司

印刷　三河市嵩川印刷有限公司

版次　2010 年 1 月第 1 版　　　2022 年 1 月第 12 次印刷

开本　710mm×1000mm　1/16　　印张　8　字数　69 千

书号　ISBN 978-7-5463-1756-4　　定价　29.80 元

社址　吉林省长春市福祉大路 5788 号

电话　0431 – 81629968

电子邮箱　tuzi8818@126.com

版权所有　翻印必究

如有印装质量问题，请寄本社退换

前　言

  自 1949 年 10 月 1 日中华人民共和国成立至今,新中国已走过了 60 年的风雨历程。历史是一面镜子,我们可以从多视角、多侧面对其进行解读。然而有一点是可以肯定的,那就是,半个多世纪以来,在中国共产党的领导下,中国的政治、经济、军事、外交、文化、教育、科技、社会、民生等领域,都发生了深刻的变化,中国人民站起来了,中华民族已屹立于世界民族之林。

  60 年是短暂的,但这 60 年带给中国的却是极不平凡的。60 年的神州大地经历了沧桑巨变。从开国大典到 60 年国庆盛典,从经济战线上的三大战役到经济总量居世界第三位,从对农业、手工业、资本主义工商业的三大改造到社会主义市场经济体制的基本确立,从宜将剩勇追穷寇到建立了强大的国防军,从废除一切不平等条约到独立自主的和平外交政策,从"双百"方针到体制改革后的文化事业欣欣向荣,从扫除文盲到实施科教兴国战略建设新型国家,从翻身解放到实现小康社会,凡此种种,中国人民在每个领域无不留下发展的足迹,写就不朽的诗篇。

  60 年的时间在历史的长河中可谓沧海一粟。其间究竟发生了些什么,怎样发生的,过程怎样,结果如何,却非人人都清楚知道的。对此,亲身经历者或可鲜活如昨,但对后来者来说却可能只是一个概念，对某段历史的记忆影像或不存在，或是模糊的。基于此，为了让年轻人，特别是青少年永远铭记共和国这段不朽的历史，我们推出了这套《共和国故事》。

《共和国故事》虽为故事，但却与戏说无关，我们不过是想借助通俗、富于感染力的文字记录这段历史。在丛书的谋篇布局上，我们尽量选取各个时代具有代表性或深具普遍意义的若干事件加以叙述，使其能反映共和国发展的全景和脉络。为了使题目的设置不至于因大而空，我们着眼于每一重大历史事件的缘起、过程、结局、时间、地点、人物等，抓住点滴和些许小事，力求通透。

历史是复杂的，事态的发展因素也是多方面的。由于叙述者的视角、文化构成不同，对事件的认知或有不足，但这不会影响我们对整个历史事件的判断和思考，至于它能否清晰地表达出我们编辑这套书的本意，那只能交给读者去评判了。

这套丛书可谓是一部书写红色记忆的读物，它对于了解共和国的历史、中国共产党的英明领导和中国人民的伟大实践都是不可或缺的。同时，这套丛书又是一套普及性读物，既针对重点阅读人群，也适宜在全民中推广。相信它必将在我国开展的全民阅读活动中发挥大的作用，成为装备中小学图书馆、农家书屋、社区书屋、机关及企事业单位职工图书室、连队图书室等的重点选择对象。

编　者
2010 年 1 月

目 录

四、培养后备军

一、 英雄出少年

- 容国团回到队里后，便鼓励队友们说："我们一定要打败南华队！"

- 容国团对张五常说："最近我想出一招新的发球技巧，今天要你到这里来，是想教你怎样打这一招。"

- 容国团在自传中写道："我深深感觉到留在此地的确是没有什么发展前途，这时回国的思想越来越迫切了。"

夺冠三项锦标赛

1957 年春天，一年一度的乒乓球锦标赛在香港隆重举行。

参加这次大赛的各队精英云集香江，其中实力最强的有：南华队、中升队、后警队、金银贸易队，基本上每个队里都有一两个乒乓球好手。

特别是南华队的主将薛绪初和刘锡晃，曾先后是亚洲冠军，他们球艺非常精湛，经验也极为丰富，最有可能夺冠，球迷们也都认为他们一定能够稳操胜券。

在这次比赛中，容国团代表公民队参加了角逐。

在香港，公民队还是一支年轻的球队，并不被人们看好。但是，公民队却一路过关斩将，最终取得决赛权，要与南华队一决高下。

这时，所有的人才如梦初醒，不得不对公民队主将容国团另眼相看。

不过，球迷们还是认为，容国团打球虽好，但是缺乏大赛经验，整体水平自然略逊一筹。而且，南华队气势逼人，主将薛绪初和刘锡晃曾经是亚洲冠军，当然最有可能是最终的胜利者。

然而，南华队主将发现容国团和邓鸿波这两个年轻选手，所向披靡，个人的技术风格也与众不同，便开始有些害怕起来，担心自己下不了台。

为了保住曾经的荣誉，南华队便与香港乒乓总会暗中谋划，想让公民队退出这届冠军比赛的竞争。

据说在决赛之前，有一个人找到容国团，并请他到茶楼喝茶。在喝茶间，那人便对容国团说："让出这一届冠军给南华队，我们可以送一笔钱给你作为补偿。"

容国团一听就急了，说："岂有此理！"说完，就拂袖而去。

容国团回到家中，将这件事对父亲说了一遍，并表示自己是绝不会退出冠军竞争的。

容国团的父亲容勉之听到这件事后，激动地说："亚团，你几年来在高级赛中都没能打入四强，现在你球技已更上一层楼了，当然更需要尽力和他们拼一拼。"亚团即是容国团的小名。

但是，容国团还是有些担心。他说："如果这次我不顺从他们，得罪了香港乒乓总会，以后还能参加国际比赛吗？"

容勉之说道："怕什么，再说，香港乒乓总会里的人总不都是蛮横无理吧。"

容国团说："香港乒乓总会就是这样蛮横无理，有人放出话来说，谁赢了我，大家便'放水'给这人当冠军。"

容勉之说："那就跟他们拼了！"

容国团也同意父亲的说法，回到队里后，便鼓励队友们说："我们一定要打败南华队！"

结果，他们在最后的总决赛中，齐心协力，最终为公民队赢得了团体冠军。

随后，容国团和邓鸿波又以 3 比 1 的成绩击败薛绪初和刘锡晃，获得了男子双打冠军。

容国团摘下两个桂冠之后，在男子单打比赛中，又一鼓作气，以 3 比 1 的成绩打败了薛绪初，获得了男子单打冠军。

这时，薛绪初见夺冠无望，士气全无，竟然放弃了与邓鸿波争夺亚军的比赛权。

就这样，容国团为公民队一举夺得了三项锦标赛冠军，这在香港乒坛史上还是第一次。

一时间，容国团声名鹊起，受到许多香港球迷的喜爱。这以后，凡是有他出场比赛的，几乎每场都座无虚席。

另外，太古洋行俱乐部和东方戏院俱乐部等，都争相请他前去当教练。

从小生活困窘的容国团，一跃成为社会名流，便立刻招致一些所谓上层人的嫉妒，尤其引起了香港乒乓总会里一些人的嫉妒。

这为容国团以后的道路添加了阻碍与磨难。

打败世界级冠军

1957 年 4 月 24 日晚 7 时，香港伊丽莎白青年体育馆门前，聚集了许多球迷，人们熙熙攘攘走进体育馆内，还没到 8 时，球场内已经坐满了观众。

此外，还有一些买不到坐票的球迷，他们便买站票，站在球场内的过道上观看，所有的人都想要一睹这场比赛。

关于这场比赛，其实早在 4 月下旬，当日本乒乓球队在夺得第二十四届世界乒乓球锦标赛四项锦标赛冠军后，来到香港访问比赛时，就有一些存心不良的人想借此机会打击一下容国团。

在比赛的第一个晚上，一些有实力的选手上场比赛，结果却全军覆没。

对此，香港乒乓总会马上把原定的"史屈灵杯"和"哥比伦杯"的男女团体赛改为由容国团、邓鸿波、钟展成等 7 人的单打对抗赛，准备派他们出战。

香港乒乓总会的这种安排，显然是别有用心，他们让容国团首赛就面对曾获得两届世界男子单打冠军、近届亚军的日本选手荻村伊智郎。这明摆着是想借世界冠军来打败容国团，从而打击容国团所在的工联会。

香港乒乓总会这种拙劣的安排，引起了报界和球迷们的极大不满。

对于这样的安排，容国团也提出强烈的抗议与不满。他深知他们这样安排的居心所在。

但人们并不知道，容国团对日本人有着一种对抗心理。这是因为，容国团的祖父曾受到日本工头的欺压，而他的二舅父则是被日军枪杀的，因此他怀着必胜的决心参战了。

在容国团比赛的这天晚上，容勉之也怀着忐忑的心情，坐在观赛台前观看。作为父亲，他很担心儿子会出师不利。

在儿子登台之前，容勉之便叫道："亚团，当心啊！"

容国团听到父亲的声音，便回应道："我是缸瓦，他是瓷器，我不怕！"

听了儿子的话，容勉之感到儿子很镇定，因此放心不少。

没多久，容国团和荻村伊智郎登场了。全场座无虚席，观众鸦雀无声。

荻村是世界冠军，攻势狠辣，能攻善守，步法敏捷，发球多样，在乒乓球界有"智多星"的称号。

而容国团虽然在香港是冠军，但和世界冠军相比，还差得很远。

果然，从荻村的面容上可以看出他的傲气，他对身形瘦弱的容国团显然并未正眼看待，显出一副盛气凌人的气势。

此时，容国团神情坚定，握着两个星期前新买的"三文治"海绵球拍，十分镇定。

比赛开始后，双方先是一阵猛烈对攻，打得难分难解。荻村发现容国团技术高超后，就以发球抢攻来取胜。

容国团发现对方反手发球技术比较高，既有不旋的，也有旋的，甚至还有急速的，而且长短不同，角度刁钻。

于是，容国团便采取迅速推挡，然后打在对方防守比较薄弱的左方或中路，这样可以迫使荻村平托回来。然后，容国团再闪身用正手快攻，打得荻村措手不及。

果然，容国团这样打了几次，立见奇效。荻村从来没有遇到过这么凌厉的推挡，结果在一番争夺之后，竟以 19 比 21 输了第一局。

这时，坐在主席台上的代表议论纷纷：有人认为是荻村故意让的，为的是给香港人一些面子；有人认为荻村轻敌失手。

到了第二局一开局，荻村见硬攻对硬攻于己不利，便改用软硬兼施的打法。

可容国团也很机智，他见荻村换了打法，便索性同荻村打起了搓攻。

搓攻是指运动员利用搓球的旋转变化和落点变化来控制对方，为进攻创造机会。这是进攻型打法的一项辅助战术，主要利用搓球旋转的变化和落点的变化为抢攻创造机会，是削球型打法争取主动的主要战术之一。这一战术在基层比赛中被普遍采用。

容国团发现荻村虽然攻势凌厉，但是反手板却并不高超，便搓球到对方的左角，寻找机会反手扣杀。由于容国团的战术得法，最后以 21 比 13 的比分差距，击败了世界冠军荻村。

一时间，人们看呆了，举座惊呼，掌声不断。一些球迷抑制不住激动的心情冲入球场，拥向容国团，把他抬起来，欢呼着抛向空中，感激他为中国人争得了荣耀。

队友们也前来和容国团握手，祝贺他首战告捷。而那些居心不良的人则个个垂头丧气，没有话说。

此后不久，美国乒乓球冠军来香港进行访问，港方便安排他与容国团进行比赛。

就在临出场的时候，美国冠军听说容国团刚刚打败了世界冠军日本荻村，便开始胆怯起来，担心自己也会被打败，最后竟以泻肚为由，取消了这场比赛。

容国团打败了荻村，一时间他成为知名人物。

荻村对于自己的失败，这样解释说："这仗败于这名无名小卒，是因为那天午后，突然接到东京发来的 83 岁祖父噩耗的电报，情绪不好所致。"

日本乒乓球队的教练宫田对此表示："荻村的失败是因为他近来赛事太多，疲倦不堪，所以没打出水准，如果让他休息一两个星期是可以获胜的。"

而香港当地的媒体则比较客观地报道说：

容国团的演出可说是纯以技术压倒对方，

不愧为本港的单打冠军。

　　当时，容国团面对记者的采访，非常谦虚地说："打赢荻村，我自己也颇觉意外，可能并非是我打得特别好，而是他当时不知怎地大失水准，才让我拣了个便宜。"
　　容国团在一片赞誉声中，并没有飘飘然，反而赞扬对手荻村球技好，他说："荻村的技术纯熟，步法灵活，以及反手抽球凌厉，这些我都不及他，有机会我还要拜他为师。"

英雄出少年

创新发球的技巧

容国团在与荻村的比赛过程中，学到了不少知识。他发现荻村除了攻球凶狠，发球也是有绝招的。荻村能发出上、下旋转球。

上旋球即拍面前倾，触球中上部，向前同时向上方摩擦；下旋球即拍面向后仰，触球中下部，向前同时向下方摩擦。

而且，在发这些球时，荻村还能不间断地错落运用，尽管手法明显不同，却令人捉摸不透。

容国团想，如果能用表面相似的手法打出不同旋转的球，这可以使对方看不出自己的球路，从而增加取胜的几率。

对此，容国团独辟蹊径，苦心钻研，成功地发明了一种旋而不旋的发球技术，并且还运用到搓球当中，取得了神奇的效果。

这种新技术的发明，则是在一间斗室中完成的。

关于这一点，我们可以从张五常的回忆文章中了解到。

张五常写道：

我是在 1957 年 7 月 31 日离港赴加拿大的。

船行的前一天，阿团清早给我电话，要我在下午到他任职的工会见见他。

会址在湾仔修顿球场隔邻的一幢旧楼上，我到过很多次了。

那会所是一个不及 1000 平方尺的单位，其中一个小房间作为图书室之用（阿团是图书室的管理员）；另一小房间，放着一张康乐球桌（他是此中高手），也放着一盘象棋（我有时在那里闭目让单马，仿效着马克思笔下的"资本家"那样去剥削一下那工会的会员）。余下来的一个较大房间，放着一张乒乓球桌。这是容国团的天地了。

日间无聊（他那份工作的确无聊之极），没有对手，他就在那球桌上单独研究发球。可以说，今天举世高手的发球有如怪蛇出洞，变化莫测，都是源于这个不见经传的工会之斗室中。

也是在这斗室之中，容国团创立了持直板的四个重要法门：发球、接发球、左推、右扫。我们今天看来是很基础的打法，在五十年代却是一个革命性的创新。容国团的方案一定下来，日本的乒乓王国就一去不复返了！

在这里，容国团还毫无保留地把自创的发球技术教给了要离开香港的张五常。

英雄出少年

张五常在文章中写道：

他又说："最近我想出一招新的发球技巧，今天要你到这里来，是想教你怎样打这一招。"我当时心想，到北美洲还打什么乒乓球呢？但见他盛意如斯，我怎能推却？

那是一招反手发球，同一动作，可以有上、下两种不同的旋转。以今天的眼光看，这样的发球当然是平平无奇，但三十多年前，那确是创新。

后来我凭这招发球得了加拿大冠军，见到那些球技比我高得多的对手脸有"怪"色，输得糊里糊涂，我实在觉得有点尴尬。

容国团这种发球技术，不仅对中国乒乓球技术、战术的发展起了重大的推动作用，而且也对世界乒乓球的发展作出了贡献。

想要回来求发展

1956 年，在菲律宾马尼拉隆重召开了亚洲乒乓球锦标赛。

在这次比赛中，本来计划容国团是香港球队的首选代表，但他却没能成行。一些别有用心的人居然借此来暗算容国团。他们明知容国团家庭经济困难，却提出要容国团交 200 港元参赛费，才允许他前往马尼拉参赛。

容国团为了能够见识一下大场面，只得在所有的亲友当中东拼西凑地借来钱，交给了香港乒乓总会。

可是，一波未平一波又起，香港乒乓总会却又在容国团的入境护照上做了手脚，他们故意把护照的名字改写为"杨国团"。"容"字的英文拼写应该是"Rong"，他们却写成了"Yang"。

结果由于拼写错误，菲律宾大使馆暂时不同意给容国团签证。此时，距离开赛的时间也只有两天了，已经来不及办理改正护照名字的手续了。

那些人就把一个已经安排好的名单补上去，而菲律宾大使馆居然签准了。

对此，容国团明显是受了愚弄，这不是明摆着剥夺他的参赛资格吗？

后来，容国团在自传中针对这件事，写道：

事后进行了解，原来是香港乒乓总会负责人搞的鬼。他们有意对我排挤，其出发点是很明显的，因为我经常组织球队回广州比赛，影响颇大，但他（指香港乒乓总会某负责人）却早已视我为眼中钉了。

而这次选我为代表，只是由于我是冠军，这是不得已的事情而已。我知道这件事的内幕后，非常愤慨，深刻地体会到香港体育界的黑暗。

所谓体育名流，只不过是一些沽名钓誉、把体育作为商业的一些资本家、商人罢了。

我深深地感觉到留在此地的确是没有什么发展前途，这时回去的思想越来越迫切了。

对于香港乒乓总会中一些人的卑劣行径，香港的报纸也纷纷指责，认为这种做法是不公正的，是扼杀人才的，这是对奥林匹克公平竞争精神的践踏与污辱。

那么，为什么香港乒乓总会想要用这种方法来算计容国团呢？这是因为那些一肚子鬼胎的人想要拉拢容国团却拉拢不到，因此才出此伎俩。

另外，港英政府也发现容国团是一个出众的人才，就派专人与容国团会面，想要用 20 万英镑聘请他去英国当职业教练，那里是乒乓球的发源地。并且英方还承诺：

"到了那里，您可以住上舒适的洋房，坐上漂亮的轿车，并可获得重要的移民身份。"

当时，南华会一些人知道这件事后，也开始加紧笼络容国团，想用金钱收买容国团为其效力，前往台湾，并许愿在他去之前给他一笔巨款，到达之后再给一笔巨款。

面对这样的诱惑，曾经参加过省港大罢工和广州起义的容勉之郑重地告诫儿子说：

> 到处杨梅一样花，香港不是由英国人统治么。他们能出高价请你去那边打球，为什么不就在香港重用你呢，还有你爷爷不是也从日本回来的么。你一个人背井离乡到了英国，生活能适应么，能和那些鬼佬交流么，你的球技能更上一层楼么？
>
> 至于台湾那边，你想也别想，国民党什么事做不出来？你钱一收，人也就没了。现在千万要把握住自己，别让眼前的利益迷惑了。

容国团本人也并不想离开香港，他其实是向往祖国的。早在 1955 年 6 月初，容国团的爱国之情就有所表露。

当时，香港举行中级杯乒乓球团体赛，容国团代表康乐队与爱司队、健全队进入三强争霸赛时，突然罢赛，同戴树荣等几个主力队员回广州参加比赛。

他们的爱国行动引起了香港一些右派报纸的诋毁，右派报纸指责道："容国团、戴树荣不顾大体，竟离香港他去。"报纸又说："又为中共所买去矣。"

右派报纸还将当时在香港进行比赛的失利，完全归结到容国团等人的缺阵上。不久，反动者又在报纸上大骂道："中共实在没有人才，没有一个懂体育的人。"

容国团看了这些报道，内心极为愤慨。他当时回来参赛，主要是因为到广州比赛和在香港比赛，有个先后次序，如果同时进行，运动员从自身发展来看，自然是应该舍近求远。

而且容国团回来参加比赛，让他感受到了一种关怀之情，这种情感只有亲人之间才会有。容国团深知祖国大陆没有英国或中国台湾富裕，但他感受到祖国大陆并没有把他们当成外地人，而是当成归来的漂泊者。

容国团想："爱自己的祖国，有什么过错呢？那些人不喜欢自己回祖国，我偏偏要多回几次。"

在这种情况下，容国团曾向广州体委的一位领导人说道："我干脆回广州工作算了。"

广州体委的领导人听后，表示可以考虑。

容国团在这期间生了一场大病，这场病更促成了他回到祖国。

1957年6月，容国团出国比赛阴谋被阻，他义愤填膺，火气上行，竟然咯起血来。

于是，容国团便和父亲偷偷去了一家私人诊所看病。

之所以如此避人耳目，是因为如果让体育界的人知道他的病症，后果将不堪设想。

他们去的那家私人诊所设备极为简陋，尽管医生诊断容国团是肺病，但容国团父子并不相信，于是便又到一家稍好一些的医院诊治。

在这家医院里，医生戴着口罩把容国团带到放射室照 X 光片，然后让他们三天后再来看结果。

三天后，在医院里，一个 50 多岁的男医生看到容国团父子进来，便让护士暂时让别的病人到外面等候。然后关上房门，看了一眼容勉之，然后对容国团说："后生仔，你就是报纸佬经常唱卖的那个打乒乓球的容国团吧。你别害怕，得了肺病也不等于要死。只是你一定要好好休息，再不能做剧烈的运动了。"

"医生，我真得了肺痨？"容国团依然不相信。

"是的。从照片上看，你的肺结核也不是初始期，已经有几个窟洞了。"医生说。

容国团听后，一阵眩晕，半句话也说不上来，以至于后来怎么回到家的都不知道。

这突如其来的打击使容家父子肝胆俱裂。容国团的事业刚刚走上正轨，可是这个病却如一盆冷水，使他们难以承受。容勉之表面上看着无事，并安慰儿子说道："既来之，则安之。容家即便倾家荡产，也要治好你的病，你就少忧虑好啦。"

这时的容国团嘴里只会说一句话："我还能打球吗？

我还能打球吗……"他伏在枕上第一次哭了,他哭得是那样的悲痛,那样的绝望。

容国团的家境并不十分宽裕。虽然父亲说决心治好这个病,可是,家境的贫寒,容国团又于心何忍!

当时,医治肺结核并没有特别有疗效的医治方法,医治只能是拖延病情的发展,依赖一些药物和自身体质延缓生命。一般来说,如保养得法,病人能活 20 年左右。

对于运动员容国团来说,生病无异于宣告运动生涯的结束。然而,容国团不相信命运,他有自己坚强的信念!经历过最初的打击后,他的情绪稳定了下来。

一天,在家休养的容国团无意间拿起一本《普希金诗集》,一首诗蓦然出现在他的眼前:

假如生活欺骗了你,

不要悲伤,不要心急!

阴郁的日子需要镇静,

心永远憧憬着未来。

现在却常是阴沉,

一切都是瞬息,一切都会过去,

而那过去了的,就会变成亲切的怀恋。

这清泉一般的诗句,犹如一剂良药,沁入他的心脾,使他再次打起了精神,鼓起了勇气。

他暗自下决心:绝不向困难和命运低头!

二、 游子归国

● 容国团曾在日记中写道："当我踏入广州体育学院所在地时，早已相识的乒乓球运动员纷纷向我握手问好，表示热烈的欢迎。这时候，我心里充满了幸福感。"

● 国家体委担心刚到北京的容国团熬不住高强度的集训，就把他送到了中苏友谊医院，进行疗养。

写信给广东体委

1957 年 6 月，香港工联会得知容国团生病后前去看望他，安慰容国团说："好好休息治疗。"工联会还给容国团放了长假养病，还给他发了医疗补助金。

容国团开始休息、治疗，同时停止了练球。

工联会这个组织和香港其他一些组织相比，最明显的区别就是他们没有太多的功利主义。他们没有去想得了肺病的容国团是否还能为组织争光，还有多少利用价值，而是立刻给予帮助。这对处于困境的容国团来说，无异于雪中送炭。

容国团叹息之余，似乎又看到了前面的希望。于是，他做的第一件事，就是写信给广东省体委，请求批准他去工作。

广东省体委外事处收到了容国团的信后，感到非常惊讶，便立即核实情况，并开会进行研究。

在这次会议上，负责人关岳和教练杨志远考虑到球队整体水平比较低，需要外援球员来增强实力，而容国团是一个具有实力的优秀球员，因此表示同意吸收他加入广州乒乓球队。

但是，由于容国团已经被鉴定为不适宜再做运动，因此，广东省体委对于容国团回去一事，还需要作周全的安排。

一天，容国团在路上遇到一个球友，球友很神秘地对容国团说："亚团，听人说你想回内地工作。唉，不要去那个地方了，你知道吗？姜永宁从香港返内地时，一过深圳罗湖桥就被两名解放军逮走了，现在生死未卜。"

容国团听后，想到自己的遭遇，不禁打了个寒战。半天，他才问道："你从哪里听来的？"

"体育圈子里的人都是这么说的。"

容国团的心一下子沉了下去，他深深地陷入彷徨之中。他想，近来报纸的确很少报道姜永宁的消息了，难道这消息是真的吗？

为进一步了解祖国对待香港球员的真实情况，容国团便随一个工人团体到广州参加比赛。

在广州参加比赛时的一个座谈会上，他心事重重地小心地向广州乒乓球队负责人关岳问道："姜永宁到底还在不在呀？"

一向对政治敏感的关岳听后，感到这里面的事情比较严重，便特地向广东省体委反映了这个情况。

省体委为了澄清谣传，立刻给北京发去了电报，邀请姜永宁回到广州，与容国团会面。

姜永宁出现在广州新亚旅店，与容国团相见。

容国团喜出望外，紧紧握住姜永宁的手说："原来你还健在?!"

姜永宁说："怎么，你真的以为我死了吗？我在内地生活得蛮好哩。其实我在北京忙于集训，当然没有消息。"

容国团的疑虑消失了。他感慨地说："香港的谣传太多了。我这次回广州能够亲眼看到你，真是很开心！"

"亚团，你是聪明仔，怎么会被人哄呀。"姜永宁笑道。

容国团也笑了，他把自己在香港的遭遇和想回内地的愿望向老朋友倾诉了一番。

姜永宁听后非常赞同，认为只有回来，英雄才能有用武之地。

一番谈话后，容国团心境豁然开朗。

带队来京访问比赛

1957 年 9 月 7 日，港澳爱国进步人士何贤和陈光禄一起组织港澳乒乓球联队到首都北京、上海等城市访问比赛。

在这次访问中，容国团被任命为香港乒乓球队队长兼指导。有机会亲近祖国了，这使容国团感到无比欣喜。

同时，他也在想：自己能不能顺利回到内地，决定权虽然不在自己，但自己可以在比赛中拿出好的成绩，让祖国人民看一看，自己身体尽管有病，但不代表就不能成为优秀运动员！

容国团一行受到了领导人的亲切接见，以及人民群众的热烈欢迎。这一切都使容国团这个饱经苦难的游子，更加迫切地想要回到祖国的怀抱。

9 月 11 日晚，港澳乒乓球联队访问团乘火车到达北京。在火车站迎接的人员，有傅其芳、姜永宁、王锡添等人，他们都是一些从港澳先后回来加入祖国体育事业的人。

几位老朋友相聚在一起，格外亲切。傅其芳等人兴致勃勃地向港澳访问团介绍了新中国的体育事业，以及他们回来后参加体育工作的感受。

对于这些老朋友的讲述，容国团非常羡慕。他们能够在国家体委的关怀下，发挥自己的才能，并且还没有阻碍地经常参加国际赛事，这一切，都是容国团梦寐以求的啊！

容国团随访问团到北京市体育学院参观。他看到国内各种体育场所的设备都要比香港完善与先进。

接着，他又随访问团参观了中国历史博物馆、天安门、故宫、颐和园、天坛等古迹。对祖国灿烂的历史文化，容国团感到非常骄傲。

然后，他们又去了万里长城。容国团沿着城墙向上攀登，第一个到达了八达岭的巅峰。

站在烽火台上，凝望巍峨起伏的群山，容国团深深地感受到只有在祖国这个大家庭下，体育事业才能有健康蓬勃的发展。

9月13日下午，港澳联队的运动员到北京体育馆乒乓球室练球，准备参加与国家队的比赛表演。

这时，为了看一看刚打败过世界冠军荻村的容国团，北京乒乓球运动员都停下了手中的练习。

其中，有一个健壮的小伙子向教练梁焯辉问道："哪个是最厉害的容国团？我们先去看他练球！"

梁焯辉笑着说："那个又瘦又高的打直板攻球的人就是。你们要守纪律，有礼貌地看。"

于是，队员们便一窝蜂似的来到练习馆的第二台，挤在铁丝网外面，寻找容国团的身影。

突然，有一个队员说："皮包骨头的瘦高杆，打球能有劲儿?"

这个队员的话刚出口，冷不防被教练从背后敲了一下头，说道："忘了纪律啦！"

但是，紧接着教练自己也叹了口气说："唉，他在香港是很苦的，又有肺病。"

"就这样都能打败世界冠军，真不简单！"一个队员说。

"可是你们看，他怎么老是打三五板就没球了，是他不好好打？还是没基本功？"另一个队员说。

"嗨，日本队的对攻能抽 1000 多板，王传耀的对攻能噼里啪啦地没个完，他才几下就吹了。鸡毛烧不成火炭，今晚他准输给咱。"

当天晚上，北京体育馆内灯光辉煌，乒乓球友谊赛开始了。场馆内，不仅座无虚席，而且过道上还站满了人，气氛极为热烈。

国务院副总理邓小平、贺龙和最高人民检察院检察长张鼎丞等人都前来观看。

第一场比赛是容国团对全国冠军王传耀。和容国团一样，王传耀也曾在比赛中以 2 比 0 击败过荻村。两名虎将可谓是棋逢到手，将遇良才，而且双方都是同一类型的直拍攻击手。

首先，容国团先用前臂力从上而下削球，打出那些好像飘飘然但有着冲击力的忽而左旋、忽而下旋的球，致使王传耀常常在回击中失误丢分。

紧接着，容国团又快速而有力地左右推挡，抵御王传耀正反手狠而快的抽杀，并在推挡中伺机起板，以极快的猛力反抽，使得王传耀东奔西跑忙于接球，束手无策。

容国团杰出的表演，赢得了雷鸣般的掌声，使在场的球员无不心悦诚服。

容国团以 2 比 1 打败王传耀之后，又接二连三击败了傅其芳和胡炳权等人。

对此，一位老行家评论说：

> 容国团的球技很全面，旋转变化大，搓中有攻，打得灵活，别人不好适应。他这种打法称得上一路怪仙。

容国团在自己命运载沉载浮的关键时刻，证明了自己虽然患有不治之症，但是实力犹存。可以说，他再一次运用自己的才能，打消了人们对他的疑虑。

贺龙邀请容国团

1957年9月，乒乓球友谊赛结束之后，时任国家体委主任的贺龙，特地为容国团准备了一桌丰盛的家宴，邀请容国团赴宴。

宴席上，贺龙举起酒杯，微笑着为容国团的杰出表演祝酒。

容国团则腼腆而又激动地回敬了一杯。

贺龙给容国团夹菜，放在他的小盘中。容国团则不住地点头答谢。

他实在太紧张了，不敢多说话。这还是头一次受到高级领导人如此看重啊，他心里又怎么能不紧张呢！

容国团又想起了自己的心愿，但此时的他却怎么也说不出话来，他担心因自己有肺病而受到拒绝，所以欲言又止。

贺龙看出容国团的心事，便笑呵呵地问道："容先生，你愿意回来工作吗！"

容国团一听，高兴极了，马上点头说："愿意，我当然很愿意！"

接着，贺龙又说："不过，你回去一定要征求父母的同意。"

"我父亲支持我回来，我不怕坏人造谣。"容国团肯

游子归国

定地回答说。

贺龙听后，拍了拍容国团的肩膀，很满意地赞扬了他。

吃过晚饭后，贺龙亲自把容国团送到门外，并安排他乘坐自己的轿车回去，贺龙元帅一直目送轿车远去。

容国团在北京参加完比赛后，又随队到上海、杭州进行访问表演，受到热烈欢迎。

随后，容国团收到很多市民的慰问信，其中华东师范大学一位大学生寄来两张该校精美的风景书签，勉励他继续发奋努力，争取取得更好的成绩。

10月1日，容国团在广州的越秀山欢度国庆节。他久久地凝望着迎风飘扬的五星红旗，听着嘹亮激昂的国歌，内心被深深地撼动了，泪水模糊了双眼。

10月2日上午，容国团参加了广州体育馆落成揭幕典礼。

在这天晚上，容国团与港澳联队作为第一个客队，在广州体育馆与广州乒乓球队又进行了一场友谊比赛，来观看的人有5000之多。

结果，港澳联队以5比0大获全胜，其中容国团的个人表现最好，在场观看的观众无不拍手称好。

在人群中，有一位少女被容国团精湛的技术迷住了。为了能够多看容国团一眼，她先自离场，站立在体育馆门口等候。

21时左右，容国团走出了场馆。那姑娘目不转睛地凝视着他，一点也不掩饰自己对容国团的爱慕之情。

容国团自然也注意到了这位穿着运动衣、身材苗条的女孩。他被她美丽的笑靥深深地吸引了。

一向内向的容国团，不知为什么这次却首先开口说："你是哪一个项目的运动员？"

"我是田径运动员。"女孩子含羞答道。

容国团向她点头微笑，然后便离开了。

后来，这个女孩成了容国团忠实的伴侣。她的名字叫黄秀珍，是广东田径队的跳远运动员。

容国团和他所在的团队一起返回了香港。

容国团这次回去比赛，因为取得了好成绩，又成了香港传媒报道的焦点。

容国团面对前来采访的记者，畅谈自己的感受，并且表达了他对祖国由衷的热爱。

容国团回到家中，便诚恳地对父亲说："爸，我想要回内地，为祖国服务。"

容勉之听后，高兴地说："亚团，你选择这条路选对了。"

于是，容国团又分别向贺龙和广州体委写信，阐述自己想要回去为国效力的心愿。

没过多久，香港工联会的负责人接到省港澳工会主任的指示后，前来拜访容勉之。

他对容家父子说："北京有人建议请亚团回去效力，你们意见如何？"

容勉之说："我早就想让亚团回去，只有回去才有前途。"

容国团则问道："请我来的人是姜永宁？傅其芳？梁焯辉？还是……"

工联会负责人一个劲地摇头。最后，他才一字一顿地说："贺龙元帅！"

容国团和他的父亲有些不相信自己的耳朵，便说："你不是开玩笑吧！"

当他们得知这是千真万确的事情后，父子两人的眼睛湿润了。

工联会负责人又问他们有什么要求没有。

容勉之表示："我是爱国者，爱国不能讲价钱，让亚团先过去，我卖掉木屋后也过去。"

1957 年 11 月下旬，容国团正式接到了贺龙的邀请信，他高兴得流下了眼泪。

关于容国团离开香港一事，他的朋友张五常曾在文章中写道：

> 一九五七年，春夏之交，容国团和我决定分道扬镳。他打算去中国大陆，而我却要到北美洲去碰碰运气。
>
> 他决定北上的原因是这样的：该年初，他获得香港的单打冠军，跟着在 4 月 23 日，在九龙的伊丽莎白体育馆以 2 比 0 击败了获村伊智

郎。荻村并非一个普通的世界冠军。他的正手抽击万无一失，百战百胜，于是红极一时，没有谁不心服口服的……战胜荻村是一宗大事，竟然没有记者来热闹一下，他显得有点尴尬。我打开话题，对他说："你的反手推球越来越快了。应该有资格向世界冠军之位打主意吧。"他回答说："今晚我胜来幸运。不要忘记，在第一局19平手之际，荻村发球出界。"我说："打5局3胜，你的体力可能不及，但3局两胜，我认为你赢面居多。"

到了5月间，马尼拉举行亚洲乒乓球赛，容国团竟然成了遗才，不被选为香港队的选手之一。连亚洲赛也不能参加，世界赛又怎能有一席之位呢？我和一些朋友就认为：他要进入大陆才有机会闯天下。北行就这样决定了。

容国团要去国家队效力的消息不胫而走，很快传遍了整个香江。

28日晚上，街坊们特地摆了几十桌酒席，为容国团饯行。这些看着容国团一步步成长的老街坊都非常高兴，他们对即将穿上国家队运动球衣的容国团，寄予了很大的期望。

为了答谢街坊的盛情，在香港青年会四楼，容国团和香港名将李平一起打了最后一场乒乓球表演赛。

1957 年 11 月 29 日下午，20 岁的容国团背上行囊，告别了自己的亲朋好友，在工联会工作人员的陪同下，走过了深圳罗湖桥，投入了祖国的怀抱。

容国团将在祖国的天空展翅翱翔，实现自己征服世界的梦想。

回到祖国的怀抱

1957 年，容国团来到广州，受到广东省体委领导和运动员的热烈欢迎。容国团心情无比兴奋。

广东省体委主任陈远高握着容国团的手关心地说："容先生，你生活上有什么要求吗？"

容国团说："我没有什么要求啦，祖国这样关心我、信任我，我今后一定好好干，为国家争光。"

对此，前广东省体委党支部书记卢动曾回忆道：

> 容国团回来没有要求国家给予什么，不想有什么特殊待遇。他回来是带着一个为国家争光而拼搏的思想的。

尽管容国团没有提出生活方面的要求，但广东省体委为容国团提供了当时所能提供的最优厚的待遇。

考虑到容国团的身体健康状况，陈远高安排他住在二沙岛西端的 1 号楼。

二沙岛是广州市珠江河面第三个沙洲岛，那里树木繁茂，环境幽雅。这个小岛原来叫作"颐养园"，是民国时期商贾仕绅、社会名流怡情养神的疗养场所。20 世纪 20 年代初，蒋介石任黄埔军校校长时，曾携同家眷住在这里，蒋经国和蒋纬国也曾在这里度过一段幼年生活。

新中国成立后，岛内新建了体育室、运动场、游泳池、医疗所、餐厅、宿舍，一幢幢新式建筑掩映在过去留下的洋楼、别墅群中，成为广州市的一道亮丽风景。

1954 年底，由体委拨款 100 多万元，在这里兴建了一个体育训练基地，即广州二沙岛体育俱乐部。

容国团所住的这幢西洋式别墅，是 1912 年左右广东省警察厅厅长魏邦平兴建的，不仅风景优美，别墅也舒适怡人。

此外，省体委每月给容国团 86.5 元的生活费用，与其他队员工资相比，这是最高的了。

同时，省体委还给容国团几十元的营养津贴补助，还专门配备了一名厨师为他做饭。有时，陈远高主任还亲自下厨，给容国团烹饪几道好吃的小菜。

在伙食上，容国团每天都能吃上炖鸡、炖生鱼汤和猪肝瘦肉汤及牛奶加蛋等高蛋白质的东西。

领导无微不至的关怀与照顾，使容国团感动得不得了，他深深地懂得：这里才是他的根。

容国团在休养了一段时间后，便想着要及早进行训练。

对此，广州乒乓球队教练冯国浩根据容国团的身体素质，给他制订一个相应的训练计划，并把医疗、营养、训练结合在一起，来保证容国团的身体健康。

按照这个计划，容国团每天早晨慢跑三四百米，做一些举哑铃、俯卧撑和柔软体操等运动，然后练半个小时的球。

经过妥善的治疗，再加上精神上的愉快，以及有计划的身体锻炼，半年之后，容国团的体质明显增强，身体也得到了很好的恢复，脸上又呈现出青春的朝气。

容国团刚从香港回来时，1.73米的身高，体重才52公斤，面黄肌瘦，打上半个小时球就会感到体力不支，而且腿软乏力。

但是，经过一段时间休养，他的体重增加了4公斤，可以同所有乒乓球选手一样，有计划地进行大运动量的训练了。

为了能使自己打败世界强手，容国团开始了刻苦的训练。一开始，他跑三五千米，以及一些轻量级的举重、跳绳和游泳，最后，他竟能跑过1万米了。

容国团在训练基地的这些日子里，容勉之夫妇无时无刻不在想念儿子。

这一天，容勉之夫妇从香港来广州探望儿子。广东省体委领导廖书记和陈主任特别摆了一桌宴席，宴请两位老人。

母亲文淑莲见到儿子身体健壮，面色红润，一颗悬着的心总算放了下来。她不停地喃喃自语说："共产党真好！"

父亲容勉之也说道："亚团回来多好，国家这样关心他，栽培他，他的身体也好了，我们还有什么不放心的。"

母亲文淑莲语重心长地说："亚团，你要好好用心打球啊，爸妈过几个月就回广州定居了，到时咱们就可以一家团聚了。"说着，打开了一个包裹，从里面拿出叠得整整齐齐的草绿色运动衣，递给儿子。

"妈，你真想通了？"容国团惊喜地问。

"是你爸动员我回来的，我过去思想太保守了。"文淑莲笑着说。

"哈哈……"父子俩不禁笑了。

两位领导看到这个情景，也为容国团一家的重聚而感到高兴。

考进广州体育学院

1957 年底，容国团以优异的成绩考进广州体育学院乒乓球运动系竞技指导科。

这里，成为他世界冠军的起点。

容国团曾在日记中写道：

> 这是我走向新生活的第一天。当我踏入广州体育学院所在地时，早已相识的乒乓球运动员纷纷同我握手问好，表示热烈的欢迎。这时候，我心里充满了幸福感。
>
> 很久以前，我就想成为他们当中的一个，现在终于如愿以偿。

容国团从洋房迁进学校宿舍那天，同学们便热情地迎接了这个新伙伴。

容国团和李仁苏、邱文宽等 3 个同学同屋。这个宿舍有 4 张床，3 张弹簧床和 1 张木板床，他来时 3 个同学已分别睡了 3 张弹簧床，但他们为了照顾容国团的身体，都争着把弹簧床让给他。

李仁苏、梁志滔、蔡铭枢几个尖子球员，主动给容国团做陪练。

这种同志间的友爱之情、奉献精神，给容国团留下了深刻的印象。

祖国人民对他深切关怀，随时随地帮他进步，与他在香港时受尽白眼和排挤，几乎埋没了这块宝玉的情况相比，有着天壤之别。

置身于祖国温暖的大家庭，容国团决心圆自己多年的一个梦想，用知识充实自己的头脑。

自从成为乒乓球运动员，容国团就认识到，运动员如果没有理论知识，没有进攻策略和没有文化涵养，是不可能取得好成绩的。

于是，他开始认真阅读马克思、恩格斯、斯大林和毛泽东的军事著作，并对《孙子兵法》《三国演义》等古今中外的军事名著进行研究。容国团从中学会了在比赛中采用真、假、虚、实伺机而动的战术。

在休息时，容国团听音乐、下棋、书法、作诗、跳舞、看歌剧和电影，以此陶冶性情，丰富自己的生活。

容国团常常陶醉在音乐的海洋之中。

在这段时间里，容国团的父亲将在香港的木屋卖掉了，给容国团买来一部留声机。他便经常一个人如醉如痴地听着音乐，脚跟伴随婉转动人的旋律不停地踩着拍子。

容国团还向其他运动员讲述作品的内涵，谈贝多芬《英雄》的壮丽，《命运》的激愤，《田园》的辽阔。一些年轻运动员逐渐也跟着他一起对音乐着了迷。

每逢星期天晚上，容国团常常独自一人来到广州"万花鸟乐园"等音乐茶厅欣赏外国的古典名曲，一边听一边哼几句。

他个人的情趣和爱好，不仅能缓解比赛的紧张，而且能从中吸取有益的养分。

在广州体育学院的这段时间里，容国团不仅在知识上大有收获，在个人情趣和文化涵养方面也收益颇丰。

这为容国团后来成为文武兼备、博学多识的优秀运动员打下了基础，为他铺设了一条通向世界冠军的道路，帮助他胜任运动员这一充满挑战的职业。

1958 年 3 月 7 日，全国 9 个城市的乒乓球精英云集上海。

这 9 支球队中，能在全国数得上的是北京、上海、广州 3 个队。而其中最厉害的要数北京队，北京队中有上届的全国冠军王传耀、亚军姜永宁、季军庄家富等人。

在比赛前的动员大会上，容国团经过分析认为，他的对手主要是王传耀，在面对记者采访时，他说："我要争取前两名。"

比赛开始后，广州队果然取得了胜利，一举夺得了团体冠军，其中容国团在同北京队决赛时，一人就拿下了 3 分，每场都以 2 比 0 取得胜利。

最后，进入到男子单打比赛时，容国团更是一路过关斩将，沉着应战，以多变灵活的战术使对方没有还手之力，终于进入了单打决赛。

在决赛中，容国团的对手是王传耀。第一局，容国团先发球，王传耀起板就杀，连连得分，容国团则争取攻势，双方进入紧张刺激的激战当中。

到了比分为 16 比 12 时，容国团采取先发制人的战术，又连发 5 个旋转球，致使王传耀措手不及，连失 5 分。容国团取得第一局的胜利。

第二局，容国团猛攻对方中路的弱点，掣肘他的攻击力，从而以 21 比 19 又胜一局。

第三局，王传耀的正反手抽杀忽然凌厉异常，以 7 比 1 的比分领先于容国团。容国团立即改用推挡的战术，控制对方急速的攻势，一直打到 20 平的比分。之后，王传耀接连失手，容国团最终以 3 比 0 的大比分赢得了全国男子单打冠军。

在比赛结束后，容国团回到广州。他仍然天天苦练，练习技术和身体素质。

在教练的指导与队友的帮助下，容国团独创的转与不转的发球与搓球技术，以及推挡与正手攻球等技术都得到了进一步的提高。

1958 年 4 月 5 日，《羊城晚报》上发表了一篇题为《不获世界乒乓冠军誓不罢休——容国团提出自己的奋斗指标》的文章。

　　最近获得全国九城市乒乓球锦标赛冠军的
容国团，昨天在全省体育工作会议上表示：

在 1961 年的世界乒乓球锦标赛中，要争取男子单打冠军，今年内要争取入团。使自己成为既是健将，又是团员，又红又专。

容国团的指标是：

一、今年内，任何外国乒乓球队来广州比赛，个人保证在团体赛中取得两分，争取 3 分；

二、在今年全国乒乓锦标赛中，保持男子单打冠军称号；

三、如果能够参加明年 3 月在西德举行的世界乒乓球锦标赛，要晋入男子单打前 8 名内；

四、在 1961 年的世界乒乓球锦标赛中，取得男子单打冠军，在团体赛中，个人在每场比赛中要取得两分以上；

五、今年争取入团，3 年后争取入党。

容国团满怀信心地提出：决不满足现状，不骄傲自满，继续苦练，不获世界男子单打冠军，誓不罢休！同时加强政治学习，不断提高思想觉悟，建立无产阶级人生观，做到“五好”——身体好、工作好、学习好、团结好、体育道德作风好。容国团曾经以 2 比 0 打败过 1955 年世界冠军、今年世界第 2 名好手荻村伊智郎，又曾经 4 次以绝对优势打败去年我国冠军、世界第 8 名好手王传耀。容国团告诉记者，他现在的练习情况和身体情况都良好，明年即

游子归国

可进行身体全面训练。目前他在技术上主要的方向是要提高攻球、特别是反手攻球的命中率，以及防守的稳健性，达到技术全面化，并在战略方面贯彻积极、主动进攻的思想。

在学习与训练的过程中，容国团不仅提出了自己的训练目标，并且还把自己研究的绝招公之于世。

1958 年 10 月 27 日，在《羊城晚报》上，容国团发表了《谈谈我的正手发球》的文章，并且还附有图片说明。这一文章的发表，受到了广大乒乓球爱好者的一致称赞。

容国团还把自己的搓攻技巧讲给队友们，这使得庄则栋、谭卓林等人的技术大大提高，为他们日后取得非凡的成绩打下了坚实的基础。

容国团还在宿舍的墙上，用毛笔写下：

今年要做运动健将。

容国团不但自己要求进步，还鼓励队友一同进步。他在队友梁玉海的笔记本上写道：

羊城好汉你要做吗？那么你就要力争上游。

战胜世界级高手

1958 年 4 月 11 日，被誉为"乒乓王国"的匈牙利国家队应邀来到中国进行访问比赛。

匈牙利国家队与世界冠军日本队的实力不相上下，在欧洲范围内更是一支劲旅。

在这支球队中，别尔切克不仅在这一年夺得了欧洲冠军，而且在近几年的国际锦标赛中也曾多次获得冠军，他被国际乒协列为世界第三号种子选手。

别尔切克的臂力过人，他横握球拍，能攻善守，削球旋转力也非常强。

在中国的几天访问比赛中，他打败了许多强手而仅仅负于王传耀。

经过一段休养生息的容国团，第一次与匈牙利队相遇。他想：可以通过这次比赛，检验一下自己的技术水平是否过关。他决心从中吸取经验教训，为第二年参加世界锦标赛做好准备。

4 月 14 日晚上，在北京体育馆，容国团与别尔切克交战。由于容国团的经验和体力不足，最终以 1 比 2 败下阵来。

对此，容国团非常不服气，觉得自己的技术与别尔切克并没有太大的差距，而失败的原因则是过多地运用了搓抽的战术，使善于防守的别尔切克发挥了旋转削球的特长，才使自己起板进攻困难重重。

为了验证自己的看法是正确的，容国团寻找再一次与别尔切克较量的机会。他利用比赛的时差和队际赛的空隙，从北京回到广州，代表广东队再同别尔切克一决高下。

在第二次比赛中，容国团总结了上次失败的经验教训，改用以拉抽为主、搓抽为辅的打法，并配合多样化的发球，争取主动进攻的机会。

这使对方既要提防强攻，又怕短球，不能不急于采取加转或反攻，形成了不稳和"自杀"。

结果，容国团以 2 比 0、2 比 1 的比分两次战胜别尔切克，令观众惊叹不已。

随后，欧洲乒乓球另一支劲旅东德队，也来到中国进行访问比赛。

在这支队伍中，有一位曾获世界单打亚军的席乃德尔。他擅长两面快攻，速度奇快，他的绝招是正手推挡球，板嘴向上，板柄朝下，两边挥洒自如。

第一场交战，容国团针对他这种正手推挡的打法，采用忽快忽慢的推球和搓球来克制对方，然后以正手抽杀两大角，展开了激烈的对攻搏杀。

在进入最后决胜局的激战中，容国团以 15 比 20 的大比分落后于席乃德尔，眼看就要输了。

然而，容国团却临危不乱，十分镇定地扬起球拍，抖动手腕，嘴巴念念有词地一声"着！"起板一击，发了一个下旋球，席乃德尔接球，乒乓球则应声下网。

接着容国团见对方吃了苦头，不敢攻，要搓时，他又发了个侧上旋球，让对手一搓一个大高球，随即一个大板砸下去，席乃德尔又没有接好球。

连续 5 个接发球，席乃德尔都莫名其妙地不是接球下网，就是搓高球或球出界。

最终，容国团以 2 比 1 反败为胜。

容国团和队员们在这几次比赛中出色的表现，引起了世界各国的瞩目。

对于容国团来说，经过与两支外国劲旅的较量，他掌握了更多战胜外国球队的经验，技术水平也更上一层楼。

对此，英国乒乓球教练班拿撰文说：

> 明年世界锦标赛时，瞧中国的吧！这几年乒乓球在亚洲国家的发展是惊人的，特别是日本几年来的成就。但是，如果优势转到中国那里，我是不会感到惊异的。

日本著名教练长谷川法太郎也认为："中国选手擅长攻势，将来是日本的劲敌。"

在两支外国劲旅访问完中国之后，中国也开始准备自己的球队到国外进行访问。

随球队出访朝鲜

1958 年 5 月 29 日，容国团随中国青年乒乓球队从北京出发，乘火车前往朝鲜进行访问比赛，这是他回来后的第一次出访。

这次出国比赛的领队是刘永年，指导是冯国浩。到朝鲜访问比赛的人员有：容国团、徐寅生、庄则栋、李仁苏、叶佩琼等 10 名队员。

对于这次出访，容国团心情格外激动，在香港的排挤同在祖国的重视，两相比较，他明白自己前面的道路将会越走越宽广，而这一切都要感谢祖国人民对他的信任。因此，他暗下决心，要用一个"赢"字来回报祖国人民。

在中国队乘坐的火车抵达平壤后，几名朝鲜少先队员手捧鲜花，载歌载舞，在车站欢迎他们。朝鲜的体育部部长也亲自前来迎接。

容国团一行下车后，被送到中国大使馆一个宫殿式的旅馆居住。这里曾是周恩来总理出访时住过的地方，馆内全是大理石建筑，金碧辉煌，客房幽雅。

中国青年乒乓球队受到了朝鲜人民和高层领导的特别款待。

容国团做梦也想不到能有这样的接待，想起自己过去住的木屋，真是感慨万分。

容国团为了不辜负祖国人民的期望，认真打好每一场球赛，终于一路告捷，赢得了最终的胜利。他的精彩表演赢得了广大观众的赞赏与喜爱。

这次在朝鲜的巡回比赛，中国青年队大获全胜。

队员庄则栋开始有些沮丧的情绪，容国团坐到他身旁劝慰说："小庄，不经失败是难得胜利的，这是每个人都要走的路，你这几场球我都仔细看了，一个是心里怕输，另一个是基本功差一些。你放下怕输的思想包袱，练好基本功，就能打开胜利之门了。"

在庄则栋极为苦闷的时候，被容国团一针见血地指出了问题所在，心里一下子明亮了许多，知道球今后该怎么打了。对于容国团的帮助与劝慰，庄则栋感激不已，后来在他写的自传中曾多次提及。

中国青年乒乓球队凯旋归来之后，受到了周恩来总理等中央领导人的亲切接见。

周恩来神采奕奕，微笑着向容国团伸出了右手。

容国团没有想到仅凭自己在乒乓球场上取得的一些成绩，竟然受到了日理万机的共和国总理的亲切接见，因此他显得有点拘束，满脸通红。

周恩来看见容国团竟像个害羞的大姑娘，便用力紧握他的手，爽朗地说：

你表现得很好，希望你为祖国再立新功。

容国团听到周总理的称赞，受到极大的鼓舞，他深深地向周总理鞠了一躬。

6月25日，容国团被国家体委授予"运动健将"称号。

11月18日，他加入了中国共产主义青年团，并在入团志愿书中写道：

> 我志愿入团是希望能够得到团的教育，提高政治觉悟，树立革命人生观的崇高品质，更好地成为我国建设共产主义社会的接班人。

和其他一道加入共青团的年轻人一样，容国团感到从此不再孤单了，有组织为他撑腰了。

能加入年轻人的先进团体中去，容国团感到无上的光荣，觉得自己的脊梁也硬了许多。这和他在香港时加入的那些工会组织有明显不同，新的政治生命给了他无穷的力量。

果然，容国团不负众望，在第五届全国乒乓球锦标赛中，又夺得了全国男子单打冠军。

容国团接连取得的优异成绩，为当时的传媒广泛报道，这鼓舞了许多的乒乓球爱好者，在全国掀起了一个群众性的乒乓球热潮。

一些单位和学校没条件造木料球桌，就建混凝土球台。其中，有一次在广州乒乓球联赛中，竟然有 1428 人报名参加比赛。

就连毛泽东也喜欢上了有益于健康而且又方便的乒乓球。毛泽东在武汉与游泳运动员谈话时，还提到了容国团。

此后，由于容国团受到国家的重视，1958 年的夏天，容国团的双亲被广东省体委从香港接回广州定居，安置在小北一座两房一厅的公寓居住。

容勉之被安排到二沙岛体育图书馆当管理员。这便为容国团解除了后顾之忧，使他得以专心致志练球，提高球艺。

到国家队集训

1958 年 10 月下旬，容国团被广州体委选送到国家乒乓球队参加集训，准备参加明年的第二十五届世界乒乓球锦标赛。

刚到北京的容国团，身体还比较羸弱，国家体委担心他熬不住高强度的集训，还没到正式比赛身体就垮了，于是就把容国团送到了中苏友谊医院，进行疗养。

中苏友谊医院一般只有国家的高级干部才能进去，在 20 世纪 50 年代，是全国最好的医院。

容国团住进医院后，一下子蒙了，他说："离世界锦标赛只有几个月了，我怎能不练球而去躺病榻？"

国家体委的领导人对他说："你的技术明摆着在那里，也不是三两个月可以退步或者提高的；等你疗养好了，到时好钢用在刀刃上，该拿的成绩还不是照拿。"

容国团躺在病床辗转反侧，难以安心。对于国家领导的关怀，他万分感激。但是，他清醒地意识到，现在国家队的队友们一定在争分夺秒地苦练，自己却还在吃药打针，若这样下去，到了赛场上能不能发挥实力可就难说了。

容国团前思后想，总觉得自己不能就这么休息下去。因此，他对前来探望他的梁焯辉指导请求说："我不能老躺在病床上，我的身体顶得住，请组织放我出院吧。"

梁焯辉很理解容国团这时的心情，就安慰他说："国团，彻底治疗肺病也是为了比赛的需要啊，你把眼光放长远一些，不要计较一城一池的得失。"

容国团却反驳说："世界锦标赛不是每年都举办的。我的肺病就算治好了，也要拖几年，那时我的状态也不见得会好到哪里去。"

接着，容国团又恳求说："倒不如现在就放我出院。我感觉自己现在状态还可以，不会令大家失望的，否则整天关着我，说不定还会憋出大病来。"

梁焯辉指导听后，便将容国团的情况向上级如实汇报。

在十多天后，容国团如愿以偿地回到了国家队。他立刻和梁焯辉指导共同制订了一个训练计划。

容国团认为，要想在世界比赛中过关斩将，就应该具备多种多样的技术，没有全面的技术，就不可能根据不同的对手来决定自己的战术。

这时，北京已经进入了隆冬时节，寒气逼人，这对于长期生活在南方的容国团来说，是难以忍受的，更何况他是久病初愈。

果然，投入训练后不久，容国团便时时出现头晕目眩的情况，但他没有声张，硬是咬牙挺住了。

在集训过程中，本来容国团白天已经累得疲惫不堪，但只要一想起有些技术动作掌握得还不好，他就毅然抓起大衣，招呼伙伴，冒着凛冽的西北风，急步走向漆黑的训练馆。

当时的新中国百废待兴，训练馆条件还比较差，没有暖气设备，寒冷的北风从窗外吹进来，冻得他浑身发抖。就是在这样的条件下，容国团依然坚持不懈地努力着。

在训练中，最使容国团难受的是晨间的长跑。训练时，他必须在接近零下 20 度的气温中跑步，而且时常要迎头顶着 4 级以上的西北风，这是容国团过去没有经历过的严峻考验。

有时，他连气也喘不过来，却还嘶哑着声音为自己加油："挺住，一定要挺住，把困难压下去。"

为了提高耐久力，考验自己的意志，他曾经有两回坚持跑足了 1 万米。

领队见他实在坚持不住了，就要他休息一下，容国团却喘着气回答："突破这一关就好办了!"

另外，容国团还针对自己的弱点，进行重点训练。他记得上次在北京输给别尔切克，主要是臂力不足，使田径功夫很好的别尔切克以逸待劳的战术有机可乘。

于是，他开始注意力量方面的训练，经常练习举重、双杠、哑铃、跳绳等，强化臂肌。

因为熟知自己的身体状况，容国团的训练与其他队友有些不同。他注意有的放矢和训练质量，苦练加巧练，把基本功训练与乒乓球艺术有机结合起来。

果然，经过几个月的训练，容国团的身体变得更为壮实，手臂也变得更加有力了，大大增强了攻球的力量。

　　在集训期间，容国团还得到了集体的技术帮助。如，在练球时是和队友轮流对攻。练习削球时，"削王"姜永宁、庄家富和李仁苏便同他练习；练习对攻时，王传耀、徐寅生就同他打得难解难分；练高球的技术时，练习推挡球时，杨瑞华就完全以推挡还击；练正手时，队友们就和他打正手；练反手起板时，队友们就把球送到反手位置……

　　正是因为队友不计较个人得失和无私的奉献，容国团在抽、杀、削、吊、拉、搓、推、挡这几方面才能练到炉火纯青的地步。

　　在教练员的指导和队友们的帮助下，容国团又将自己独创的用同一动作发出转与不转球技术提高了一个档次。并且，根据个人的身体和技术特点，他还创造了一套攻、守、拉、搓、推、挡相结合的打法。

　　在技术提高与体力增大的同时，容国团还仔细倾听了王传耀这些老将们介绍各自的比赛经历，认真琢磨外国选手的球艺，并在平时的练习中，加以针对性的训练。

　　1959年2月初，容国团随中国乒乓球队提前到欧洲匈牙利和西德进行实地的"演习"，为世界锦标赛做进一步的准备。

　　另外，为了迎接世界性的乒乓球比赛，容国团和王传耀还合写了一首共勉诗：

一拍来一拍去，
像穿梭如闪电，
削过去一片鹅毛，
投过来一个炮弹。
猛虎擒羊要抓紧时机，
蛟龙抢珠需细心大胆。
比技术斗意志，
主动是胜利的关键。
后起之秀像雨后春笋，
老将们也努力向前。
冲天干劲会开花结果，
且看胜利的 1959 年。

三、勇冠世锦赛

- 1959 年 4 月初，在半决赛中，容国团一路过关斩将，厮杀了 26 个回合，最终获得了与匈牙利选手西多争夺世界冠军的资格，即"圣·勃莱德"杯的决赛权。

- 颁奖的时候，容国团站在领奖台最高处，将银光闪闪的"圣·勃莱德"杯高高擎起，伴随着雄壮激昂的中国国歌，一面鲜艳的五星红旗缓缓升入高空，场内突然爆发出一阵阵欢呼声和掌声。

一路闯关进入决赛

1959年3月21日，贺龙来到机场，欢送乘飞机赴西德多特蒙德参加第二十五届世界乒乓球锦标赛的中国乒乓球健儿。

这次参加比赛的运动员有：容国团、徐寅生、王传耀、姜永宁、杨瑞华、庄家富、胡炳权、李仁苏、丘钟惠、孙梅英、叶佩琼11名选手。

贺龙对出征第二十五届世界乒乓球锦标赛的球员们给予很大鼓励，尤其是给刚刚穿上战袍的容国团以莫大鞭策。

在出征前的这一段时间里，容国团收到不少国内和港澳亲朋好友的来信，其中有父亲容勉之的一封来信。在信的字里行间，父亲对儿子寄予了深切的期望。

容勉之在信中写道：

亚团：

顷接来信，获悉你将要参加世界比赛，我和你妈都感到高兴。你多年想报国的愿望终于来了。希望你好好把握这个千载难逢的机会，勇敢拼搏，为中华民族争气！

我们两老生活得很好，组织上颇关心照顾，

请孩儿释念。

即颂

成功！

父：容勉之

容国团带着父亲的希望、祖国的重托，随中国代表团离开北京，乘飞机前往德国。

3月24日19时，飞机抵达德国。中国乒乓球代表队下飞机之后，转乘火车来到了多特蒙德市。

容国团来到西方国家，生活上极不适应，有几天，餐厅供应的晚饭多半是冷盘菜，他吃了拉肚子，四肢无力，但他仍然带病坚持训练，绝不松懈。

虽然在生活上不适应，但是这并没有影响到容国团和队友们的昂扬斗志与奋战精神。另外，队友间真挚的友情，也给了他夺取胜利的信心与力量。

1959年3月27日至4月6日，第二十五届世界乒乓球锦标赛在西德多特蒙德举行。参加的运动员有46个国家和地区的440多名乒乓球选手。

3月31日下午，中国队以顽强的斗志，打入四强，与匈牙利队争夺团体决赛权。这是中国队参加世界乒乓球比赛以来最好的成绩。

比赛进入高潮阶段，中国队顺利地以2比0的绝对优势取得胜利。可是进入第三场，容国团对别尔切克时输了一局，使匈牙利队获得了扭转形势的机会。

接着，王传耀、杨瑞华也因比赛遇到挫折，在紧张与急躁的心情下，接连输了两局。

第六局，容国团打败了福尔迪，把比分拉平。但是，到了第七局，王传耀又输给了别尔切克。

第八局，容国团又因背着怕输的思想包袱，没有放开手脚去打，结果又输给了老将西多，使中国队以3比5的比分失去了同日本队争夺冠军的决赛权。

这次失利，使容国团感到万分的惭愧、懊恼。这天晚上，容国团彻夜未眠，觉得辜负了祖国人民对自己的殷切期望。团体赛的失败，也使他信心产生了动摇，他开始怀疑自己的实力。

在这个紧要时刻，贺龙代表国家体委，从北京发来了一封电报：

总结经验，吸取教训，绝不能因暂时的失利而气馁……

领队和教练根据国家体委的指示，及时开会总结失败的原因，要求全队勇于面对失败，接受教训，相信自己的力量，在单项比赛中全力争取胜利。

贺龙的鼓励，使容国团精神不禁为之一振。他很清楚地记得，他今日能有机会为国争光，是贺老总唯才是举的结果。

在贺龙和各级领导的教导下，1959年4月初，中国队的乒乓球选手有一半进入了前8名的争夺战中。

此后，新闻媒体爆出一条特大新闻：

男子单打进入前八名争夺战的有一半是中国人！

但是，人们仅仅高兴了两天，赛场上就传来了令人伤心的消息：中国选手王传耀、杨瑞华、徐寅生在第六轮的单打循环赛中纷纷败北，失掉了继续比赛的资格，而进入半决赛的只剩下容国团一个人了。

在队友们失利的形势下，容国团的心理压力也更大了，但这同时也是一种动力，容国团的斗志更加旺盛了。

他深深明白，如果他失败，将没有脸面向祖国的父老乡亲交代，更对不起在他身上寄托了深切期望的贺龙！

为了避免给容国团增加太大的压力，教练们这时都只进行一些例行的教诲，并没特别教导容国团什么。其实，教练们对自己球队的总体实力心中有数，在既定的目标中，团体或单项能进入前4名已经不错了。他们也不敢寄厚望于容国团，他的健康状况是令人担忧的。

因此，容国团是以轻松的状态上阵的。在进行比赛的这一天，第一轮轮空。第二轮容国团迎战西德的朗格。

容国团一开始就以2比0占得优势。在第三局18比19时，朗格的球出了界，裁判员判为19平，但朗格的教练恃着自己一方是东道主，硬向裁判提出抗议，说这是

勇冠世锦赛

059

擦边球，裁判员便又改判为 18 比 20，致使容国团以 20 比 22 输了一局。

但是，容国团并没有因为裁判员不合理的改判而影响到自己的情绪与水平发挥，而是集中精力投入到比赛中，最终以 3 比 1 打败了朗格。

第三轮，容国团遇到了第一个劲敌，南斯拉夫的马科维奇。

马科维奇曾在罗马尼亚举行的九国乒乓球国际赛中，击败过别尔切克，夺得冠军。他的优点是正反手都能攻球，也能近台推球，但致命的弱点是防守薄弱。当他遇到容国团的快速直板攻发球时，就全面崩溃了。

对此，马科维奇在比赛前就有所预感，他说："我一定输给容国团。"果然，马科维奇败北。

第四轮，容国团遇到的是瑞典新手埃里克森。容国团稳扎稳打，以 3 比 0 轻松过关。

第五轮，与容国团决战的是 1958 年日本的全国亚军星野展弥。容国团看准对手慑于自己的推削和反手起板攻球的弱点。容国团在团体赛中，早就琢磨用什么办法才能制服这个擅发球抢攻、攻球力量很大、命中率又较高的星野。容国团针对他的弱点定出对策，就是怎样去接他的发球，使他不能抢攻。

在比赛中，容国团针对星野反手攻球较差和防守不算好的破绽，采用了推挡和发球抢攻的战术。

一次，星野反手发一转球，想让对方搓过左方，侧身便下杀板，谁知球儿箭一般向自己右角反射回来，他猝不及防，连球拍也打飞了，甩出好几米远。最终星野以 1 比 3 败下阵来。

这一切正如星野在赛前所说："容国团的近台快攻和锐利的反手抽击，很难对付。"

第二天在第六轮中，容国团迎战匈牙利的别尔切克。在团体赛中，别尔切克胜了王传耀、容国团后，夺魁的呼声很高。此时，别尔切克气势颇盛，他也深知机不可失，志在必夺。

双方一交手，别尔切克又重施他的绝招，号称"起重机都拉不起来"的下旋球，并以低、转、稳的削球压住容国团的两面抽杀。

容国团则打得勇敢果断，有机会就大胆落杀板，以凶狠相对。两人争夺成 2 比 2 平。

第五局两人将一决高下。别尔切克用尽平生招数，孤注一掷。

容国团则找到了克制对手的办法，一反前四局的硬攻狠打，采取了稳扎稳打的搓拉和伺机扣杀交替运用的办法，竟然把别尔切克打得沉不住气了，既削不稳，落点也控制不好。

第三个球，当别尔切克找到了好机会起板抽杀，以为会抽死时，不料被容国团轻轻地放回高球，别尔切克再攻，容国团再放回高球。五六个回合之后，容国团看准机会大板打死。别尔切克失去了这个球，气势开始滑落。结果容国团一路打下来，以 21 比 5 的悬殊比分获得胜利。

容国团的胜利，令世界乒坛人士大为震惊。但是，紧张激烈的比赛还没有结束，接下来是半决赛。

在半决赛的第七轮中，容国团的对手，就是连挫徐寅生、杨瑞华的美国冠军迈尔斯。他曾在 11 年前的混合双打中夺过世界冠军，经验极为丰富，守球和削球技术都无懈可击。

果然，容国团的猛烈攻势碰到迈尔斯的低而旋转性极强的削球，便有些招架不住了，第一局容国团费尽气力才获得险胜。但是，接下来，容国团却连输两局，形势急转直下。

这时，有一位外国乒乓球权威人士断言说："中国选手不过如此！"

此时，在场外观战的中国队员再也坐不住了，他们都急切地说："不能眼看容国团这样输下去了。"

在休息的片刻，临场指导召开了紧急会议。在会议中，大伙有两种意见：一种主张用搓球对付，一种主张容国团争取攻势。

曾败在迈尔斯拍下的徐寅生根据自己失败的教训，深有体会地提出："绝不能让容国团再走我们的老路，跟他磨，斗意志！"

"磨！"

"对，跟他磨！"大家一致赞同这个战术。

集体的智慧和力量鼓舞着容国团必胜的信念，容国团默默地想：是到搏的时候了！他平静而缓慢地走近球台，蓄势以待。

迈尔斯双腿不停地弹跳，嘴里嚼着一块口香糖，看着四周，显示着他将必胜。

比赛再次开始，容国团开始施展搓球的看家本领。只见容国团近搓、远搓、急搓、慢搓、搓转与不转，声东击西，这一下打乱了迈尔斯稳削防守的战术，最终以21比18扳回了第四局。

第五局，容国团精神抖擞，继续用搓球与迈尔斯周旋，打得迈尔斯措手不及。

比分打到20比7时，迈尔斯已无心恋战，容国团一个大板，但没抽中，球飞到场外。

接着，容国团重新发球。只见他把球抛起，发了一个下旋球，见对方接回一个半高球，就狠狠一板打死。容国团胜利了，全场顿时响起一片热烈的掌声。

制订决赛夺冠战术

1959 年 4 月初，在半决赛中，容国团一路过关斩将，厮杀了 26 个回合，最终获得了与匈牙利选手西多争夺世界冠军的资格，即"圣·勃莱德"杯的决赛权。

在这个紧张的时刻，全中国人民都在紧张关注着这个冠军诞生的消息。有的人守候在收音机旁，直到深夜；有的人则接连不断地往报社打电话，打听战况。

中国队教练与队员们，也都感到震撼不已！人们期盼着容国团能够一举拿下"圣·勃莱德"杯，成为共和国体育运动史上的第一个世界冠军。

住在广州的容勉之更是关注着儿子的战果，他整夜守候在收音机旁，倾听着女播音员播出的战果。

此时，容勉之最担心的还是儿子的健康与体力。他知道，作为乒乓单打世界冠军的人，必须具备超乎常人的体力，才能够久战不疲。容国团的体质是绝对达不到世界冠军的标准的，更何况容国团患有肺结核。想到这里，容勉之不免为之揪心。

他想到，儿子从团体赛开始到单打冠军争夺战，一共有 10 天，其中只有一天休息。这种超负荷的运动量，儿子能不能支撑得住呢？

要知道，容国团在冠军争夺赛中的对手，是一个拥有 20 年比赛经验身经百战的老将西多，这个选手善于近台逼角反攻，在过去几届世乒赛中，曾先后 9 次荣获团体、单打、双打冠军。而且，西多的技术和精神状态都非常好，气势咄咄逼人。

在决战前，容国团对这场生死攸关的球赛也如同父亲一般，想得很多，心情很激动。他有些担心，但当他想到"我是在为祖国争取荣誉"时，终于鼓起了勇气。

容国团在这次团体赛中，曾经输给西多，在那次决胜局开始时，双方的比分一直交替上升，直到快结束时，西多连续打了 4 个擦边球才险胜。

容国团认为，这说明自己的技术不低于对手，况且以前到匈牙利比赛，也曾以 2 比 0 打败过西多！

在这个关键时刻，领队、教练和男女队员们都摒弃成见，尽心尽力地为容国团出谋划策。

老将孙梅英分析了王传耀在团体赛和单打赛中，以特长对特长输给西多的原因。并针对西多不善于反击旋转拉球的弱点，提醒容国团说："容国团，我看你搞一些侧上旋拉攻球，他会手软的！"

容国团明白孙梅英这个计策的妙用，侧上旋拉球虽不是自己的特长，甚至有可能造成失误，但西多会因此不知所措，从而扰乱对方的进攻。

经过教练和队员们的共同研究，最后给容国团制定了两套战术：一套是西多身体肥胖，转动不大灵活，容国团可以用拉左杀右、拉右杀左的战术，使他措手不及；

一套是采用上旋拉攻突破西多的右防，使他不能稳守一个位置。

容国团有了明确的战术，也就更加充满了斗志与勇气。

在容国团快要上场比赛时，他满怀着坚定的信心对大家说：

今天我要好好搏一搏！

第二十五届世界乒乓球锦标赛的最高潮到来了，这也是中国体育运动发展史上即将走向一个新纪元的历史标志。

夺得第一个世界冠军

1959 年 4 月 5 日，第二十五届世界乒乓球锦标赛决赛，在多特蒙德威斯特代里亚体育馆正式开始。

赛场上的气氛非常紧张，在场的球迷多半是替西多打气，匈牙利队员早已给这位名扬世界乒坛的队长准备了一束鲜花。

西多穿着运动短裤，容国团则穿着运动长裤，他们在 8000 多名观众的注视下进入了赛场。

西多是一位久经沙场的老将，今年 36 岁，身高 1.85 米，体重 210 磅；而容国团却是一个身体羸弱的后起之秀，只有 21 岁。两相比较，中国方面不得不为容国团捏了一把汗。

比赛开始了，容国团展开了猛烈的攻势，他运用拉左杀右和发球抢攻的战术，以 7 比 3 遥遥领先。

西多不愧为沙场老将，立即加强反攻，追成 8 平。此后，两人展开了拉锯战，从 9 平、12 平一直打到 21 平。最后因容国团打得有些保守，接球和攻球接连失误，以致以 21 比 23 败于西多。

在局势不利的情况下，容国团仍然镇定自若。面对西多身高手长，两边照顾范围大的优点，容国团在第二局便加强了拉球的力量，并时刻注意着西多的反攻。

在他们打到 4 平以后，容国团的杀球越来越准地猛攻对方的右角，接着又长短兼施，攻球虚中有实，实中有虚。容国团常常是突然一个重板把西多打出去，一个短搓又把西多引上来，使西多在台边东抢西救，奔跑不迭，这把大胖子西多可累坏了，结果容国团以 21 比 12 扳回一局。

第三局，西多也改变了打法，他拼命进行加转和逼角反攻，以 7 比 4 的分数领先。此时，场上的观众又活跃起来，他们站起身，双手紧握拳头，大声喊道："西多必胜！"

对此，容国团并没有被喧闹声干扰，他全神贯注，沉着应战。他一连串地发球抢攻，追成平手，接着以侧上旋拉球使西多难以反攻，打得西多晕头转向，措手不及，最终容国团以 21 比 15 打败西多。

第四局，容国团越战越勇，越打越有信心，他继续采用侧旋拉球来扰乱对方的近台削守，因此控制了战局。

但西多经验丰富，在容国团变换新招后，仍然是打得头头是道。他在逼角反攻的招数被对方控制的情况下，虽无法施展，却对防守带旋转的拉攻屡屡放出高球，左右飘忽，以逸待劳，忽攻忽挡，攻守自如。

容国团明白西多想用放高球来消耗他的体力，于是容国团干脆拿出了救、扣、拦、吊的全套战术，与西多对打，低球重杀，打得西多精疲力竭，毫无还手之力。最终，容国团以 21 比 14 拿下了这一局。

这时，西多心悦诚服地走过来与容国团握手致意，匈牙利队的球员也冲上来把"献给世界冠军的花"转送给容国团，向他表示祝贺。

容国团以总比分 3 比 1 获得了世界冠军，他的心情却异常平静。他环顾四周，似乎在告诉所有在场的外国人，中国不比其他国家差。

对于容国团的胜利，西多在比赛结束后对记者说：

只有钢铁般的意志，才能经受住严峻的考验，容国团的胜利证实了这一点。

颁奖的时候，容国团站在领奖台最高处，将银光闪闪的"圣·勃莱德"杯高高擎起，伴随着雄壮激昂的中国国歌，一面鲜艳的五星红旗缓缓升入高空，场内突然爆发出一阵阵欢呼声和掌声。此时，容国团也激动得心潮澎湃，热泪盈眶……

这是一个历史性的时刻，中华民族获得了有史以来的第一块金牌！

勇冠世锦赛

新闻媒体争相报道

1959 年 4 月 6 日，中华人民共和国体育运动委员会向乒乓球队发来电报，祝贺队员们在第二十五届世界乒乓球锦标赛中取得的成就，电文如下：

西德、多特蒙德

中国乒乓球队领队陈先同志转

中国乒乓球队全体队员：

　　祝贺你们在第二十五届世界乒乓球锦标赛中所取得的成就，特别是容国团同志取得世界男子单打冠军的成就。

中华人民共和国体育运动委员会

4 月 6 日

当天，《人民日报》发表《祝贺我国乒乓球运动员的胜利》评论文章。文章说：

　　今晨从多特蒙德传来捷报，我国 21 岁的优秀乒乓球运动员容国团，在第二十五届世界乒乓球锦标赛男子单打决赛中，夺得世界冠军。在此以前的团体赛中，我国男队、女队也都取得很好的成绩，列为世界第三。我们向为祖国争得荣誉的乒乓球运动员们致以热烈的祝贺。

在世界乒乓球锦标赛中取胜，对一个运动员来说，不仅要有熟练精湛的技术，而且必须有顽强的意志。因为在短短几天中，每天要比赛几场，对手又都是世界最优秀的选手。以男子单打来说，取得冠军要连闯八关。容国团经受住了这个考验，代替了蝉联四届冠军的日本选手，夺得了冠军荣誉。我国运动员王传耀、杨瑞华、庄家富、徐寅生，丘钟惠、孙梅英等等也都以顽强的意志击败了许多世界著名选手，其中包括男子第三号种子、日本冠军成田，第六号种子、南越的梅文和，以及女子第二号种子、英国的海顿。

……

容国团赢得了中华民族的第一个世界冠军，震惊了全世界。国内外的报纸纷纷以头版头条，大字标题报道这个中国体育史上值得大书特书的喜事。

《日内瓦日报》发表评论说：

中国运动员在世界上以优秀选手的姿态出现，这件事看来比容国团个人的胜利更加重要得多。

紧接着，1959年4月8日，《羊城晚报》也发表报道说：

> 本社记者李越报道：年轻的中国选手容国团今天下午在第二十五届世界乒乓球锦标赛男子单打中闯过第八关，以3比1战胜匈牙利选手西多，获得了世界冠军的光荣称号。
>
> 这是世界乒乓球锦标赛从1927年举行以来，中国第一次赢得世界冠军的称号，也是中国运动员在体育比赛的世界锦标赛中获得的第一个世界冠军。
>
> 争夺今年世界男子单打冠军的一共有各个国家和地区的四百多名选手，是历届中人数最多的一次。经过7轮的比赛，最后剩下西多和容国团两人，这场决赛成了几天来最吸引观众注意的一场比赛。

对此，曾多次获得世界冠军的英国乒乓球手李芝撰文说：

> 一个中国的体育学院学生获得了世界乒乓球锦标，是我们意料不到的，在其他的6个锦标都为日本人所得的情况下，容国团像是鹤立

鸡群，特别得人好感。

容国团的胜利，使中国赢得了国际社会的尊重，让中国人民在世界体坛上得以扬眉吐气。

香港《大公报》在"青年人"的栏目里，发表了一篇《容国团与青年人》的文章。

文章指出：

> 容国团在群雄角逐中，荣获男子组单打冠军，为中国人在世界体坛吐气扬眉，这是我国体育史上值得大书特书的事。
>
> ……
>
> 中国并非是没有人才，而人才是需要国家培养的。此外，在任何困难环境中的青年，千万不要气馁，只要抱定"有志者事竟成"的宗旨，锲而不舍地为理想刻苦奋斗，把所学贡献给国家，终必有成功的一天。
>
> 我们这一代青年，真该庆幸有了一个强大的中国，给我们带来了无限光明的前途。只要你有一颗纯洁的爱国心，绝不会使你失望。容国团成功的事例，给我们青年人上了生动的一课。

此时此刻，国内各地都给容国团寄来了大批充满热情的贺信贺电，北京航空学院的同学们在红色的信纸上写着：

　　当我们听到容国团同志夺得男子单打世界冠军的时候，没法控制内心的激动，因为可爱的祖国又多了一个世界冠军。

　　另外，著名诗人晏明在《新体育》1959 年第八期发表了一篇歌颂祖国体育事业的诗文，篇名为《光荣呵，共和国》其内容为：

　　　全世界都睁大眼睛，
　　　全世界都张开耳朵，
　　　注视呵，倾听呵——
　　　中国，登上了世界的宝座！
　　　光荣呵，共和国！
　　　你的儿女挥着奇妙的双手，
　　　容国团攀上世界的顶峰，
　　　西方选手在他面前甘拜下风！
　　　欢呼呵，亲爱的党！
　　　欢呼共和国第一个世界冠军，
　　　百倍的欢呼呵，
　　　你所给予的力量！
　　　光荣呵，共和国！

欢呼呵，亲爱的党！

儿女们在你红灿的大旗下进行，

儿女们为你把荣誉献上！

此外，在容国团夺魁之后，还有一个特大的喜讯传到祖国人民的耳中。

在国际乒乓球联合会第二十五届代表大会上，以 37 票对 5 票通过了一项决议，这项决议宣布：

第 26 届世界乒乓球锦标赛在中国北京举行。

这是中国首次争取到在中国北京举行世界比赛权的殊荣。对此，全国人民无不感到骄傲和自豪。不少港澳台同胞、海外侨胞听到这个消息后，纷纷致电祝贺，他们情不自禁地到街头集会，燃放鞭炮，振臂欢呼！

北京欢迎中国代表队

1959 年 4 月，北京体育馆前面的千日莲、蝴蝶莲、牡丹绣球等花朵吐露温馨的芳香。

4 月 24 日下午，参加第二十五届世界乒乓球锦标赛归来的中国代表队来到北京体育馆，首都各界青年早就云集在这里，都要一睹英雄的光彩。

欢迎会开始，乐队奏起欢迎乐曲，党和国家领导人出现在主席台上。

随后，中国乒乓球健儿走进比赛大厅，顿时，体育馆的 4000 多名观众，爆发出雷鸣般的掌声和欢呼声，向他们表示热烈的祝贺。

走在最前面的容国团，身穿着笔挺的中山服，双手捧着"圣·勃莱德"杯，精神焕发，面带笑容，不断向欢迎的群众招手致意。

这时，戴着红领巾的少先队员走上前去，向乒乓球队全体人员献上鲜花。

随后，共青团中央第一书记胡耀邦也在会上发表了讲话，号召青少年应很好地锻炼身体，各级共青团组织应经常性地发动青少年参加体育运动。

在中国乒乓球代表队领队陈先讲完话后，容国团登上了讲台。他代表乒乓球运动员答谢大家说：

首长们，青年朋友们，我们在党的培养下，在全国人民的支持下，才取得了这一点成绩，但是人民却给了我们最大的荣誉，我们深感自己责任的重大，我们知道荣誉应该属于全中国的运动员。

……

我虽然获得了世界冠军的光荣称号，但是我还年轻，在政治上、技术上需要不断提高。今后，我要和同志们一道继续为祖国争取更多的荣誉！

大厅中不时爆发热烈的掌声，巨浪般的欢呼声，经久不息。

当天晚上，周恩来、贺龙、陈毅，以及国家体委副主任蔡廷锴、卢汉、荣高棠、黄中，中华全国体育总会主席马约翰等，接见了乒乓球队全体人员。

周恩来笑容满面地走到容国团面前，和他亲切握手，然后双手交叉抱在胸前，向容国团询问比赛时的情况。

容国团谦虚地说："我能取得这样的成绩，都是党的培养和集体帮助的结果。"

说着，容国团把世界冠军纪念奖牌递给周总理，两人高兴地相视而笑。

周恩来微笑着勉励容国团要"胜而不骄，败而不馁，埋头苦干，生生不已。"

容国团听后，点头称是。他对这 16 个字，很受启发，便在自己的一本体育剪报的本子上面，写上了一句"身体力行，生生不息"的座右铭，以此作为自勉。

在接见之后，周恩来、陈毅、贺龙在北京饭店为中国乒乓球运动员摆设了庆功宴，庆贺这个具有划时代意义的功勋。

此后，1959 年 5 月 1 日，在五一国际劳动节时，北京首都举行了 10 万多名运动员组成的体育大游行。

在这次游行中，乒乓球运动员表演着各种击球姿势经过天安门，引起了全国人民的关注与喜爱。

在容国团获得世界冠军后，举国上下开始热衷于乒乓球运动，尤其是在五一国际劳动节以后，全国更是掀起了一股"乒乓热"。

在全国人民欢欣鼓舞的时刻，中央新闻纪录电影制片厂于 1959 年 5 月拍摄出一部《夺取世界冠军》的纪录影片。整部片子贯穿着浓烈的民族情，跳动着赤诚的爱国心，使人产生了强烈的共鸣，激励着人们锐意图强，永攀高峰。

可以说，容国团是新中国哺育出来的一枝"报春花"，中国体育事业将会随着这枝"报春花"开遍祖国大地。

运动员这一次所取得的成就，激发了体育战线上健儿们努力为体育事业奋斗的巨大热忱，振奋了他们为祖国荣誉而拼搏的精神风貌，增强了海内外中华儿女的民族自尊心、自信心。

毛泽东接见容国团

1959 年 5 月 7 日傍晚，容国团与乒乓球、举重、游泳、田径的一些优秀运动员，应中央领导人的邀请，一起坐车到中南海。

在车上，他们的心情异常激动。他们想，假如毛主席真的来看表演，那真是太好太好了。

大家你一言我一语地谈论着。

就在大家谈论的时候，汽车已经来到了中南海。他们下车后，来到怀仁堂。

怀仁堂是党中央和国家领导人接见外国高级政要和贵宾的地方。而今天，大厅用屏风隔开一半场地，靠墙边放着一排椅子和五六张桌椅，天花板悬着一个个灯笼，木质地板的中间放着一张乒乓球桌。

没多久，刘少奇、贺龙、李富春等党和国家领导人前来观看乒乓球表演。随后，运动员们怀着激动的心情开始了表演。

正当表演到精彩的时候，毛泽东突然来到了。

这时，正在比赛的两个运动员立即放下球拍，和大伙一起蜂拥到门口，用热烈的掌声欢迎伟人的到来。

只见毛主席神采奕奕，昂首阔步地走了进来。毛泽东是体育的提倡者与爱好者，更是一位出色的游泳运动健将。

毛泽东同运动员们一一握手。

当毛泽东与容国团握手时，用左手指着他，笑容满面地说道：

> 容国团同志，你为祖国立了大功，实在是可喜可贺，今晚我们大家一起来欣赏你的球艺。

容国团兴致勃勃地应声道："是。"然后，他马上同姜永宁走到球桌边，极为认真地打起表演赛来。

毛泽东和刘少奇坐在一起，聚精会神地观看表演。

容国团和姜永宁分别以抽杀、灵活、变化多样和挡、削、救险球著称。只见两人的球一来一往，打得难分难解，博得了领导人们的掌声。

曾破世界纪录的蛙泳运动健将戚烈云后来回忆说：

> 当时我的心跳得很厉害，两只眼睛紧紧盯着毛主席，我发现当容国团有一些精彩的动作时，毛主席他老人家便会忘情地拍起手掌，有时烟盒拿在手中，好一会才将香烟抽出来，又好一会才把香烟点上。
>
> 看到毛主席等国家领导人这么专注地观看他们表演，容国团和姜永宁都显得有些紧张，并非很自如，幸好他们的表演还是赢得了阵阵

勇冠世锦赛

的喝彩声。也许是太激动了，因为容国团毕竟是中国第一个取得世界冠军的人啊！

表演完毕，毛泽东和刘少奇等人站起来和运动员们一起照相留念。

毛泽东还特意将容国团拉到自己身边合影。

女运动员孙梅英蹲在前排中间，在拍照时，她回头一直仰望着毛主席，憨憨地笑着，弄得摄影师只好重拍了一张。后来，这个珍贵的历史镜头，成了收藏者和历史学家争抢的"绝照"。

合影结束之后，乒乓球领队陈先对运动员说："你们这班小贵宾，今晚见到了毛主席、刘主席、朱委员长和许多中央首长，真是太幸福了。你们回到学校和家里，一定要向同学们和亲友们好好地传达，让他们一起来分享你们的幸福。"

当大家坐车回校时，已经是 23 时了。但所有的人都没有一点困意，大家在车上热烈地谈论着刚才发生的一切。

容国团也异常兴奋地对大家说：

回去后，我一定要把这张照片好好保存，永远用它来勉励自己。

此后，中国的乒乓球运动长盛不衰，挥拍上场比赛的人数竟达到 9000 万人次。

比如，1959 年 9 月，在北京市西城区举办的职工、干部万人乒乓球冠军赛中，报名参加比赛的人几乎超过两万。

在少年儿童业余体校，接受乒乓球训练的也有两万人，从中选出了不少全国优秀球员组成国家队。

对于中国乒乓球运动的兴起，日本报刊指出：

由于中国是一个社会主义国家，能够指向一个目标，集中地做努力，才能发现和培养众多的天才。这是中国获胜的最大原因。

另一家外国通讯社也评论说：

容国团取得的胜利，在世界乒坛上是一个转换点，中国将执掌世界乒乓球运动的牛耳。

另外，上海乒乓球厂的工人在容国团取得胜利和第二十六届世界乒乓球锦标赛要在北京举行的两个特大喜讯下，也受到了极大的鼓舞。

他们认为中国乒乓球技术已经达到了世界一流水平，而中国生产的乒乓球质量也应该达到国际标准。

于是，乒乓球厂全厂职工在党的"奋发图强"口号号召下，掀起了技术革新运动，终于试制成功了一种质量非常高的乒乓球。

　　之后，大家给这种乒乓球起名为"双喜"。

　　职工们认为现在中国出现了两件喜事，一件是中国运动员容国团第一次荣获世界冠军，一件是中国制造的乒乓球质量达到了国际水平，因此这是"双喜临门"。

　　当这种乒乓球上市之后，仅在两个季度内，全国各地纷纷向这家乒乓球厂下发了订单，所定购的乒乓球数量由 2 万多箩增加到了 15 万箩，每箩有 144 只。

四、 培养后备军

● 容国团说："必须把自己成功的和别人成功的东西教给运动员。"

● 容国团感到自己受命于危难之时，他的热血一下子沸腾起来。他站起身斩钉截铁地说："既然组织信任，我干！"

● 容国团带领着中国女队选手们登上了领奖台。他接过"考比伦"杯，把它高高地举过头顶，向鼓掌的观众表示谢意。

出任国家队男乒教练

1963 年 4 月 5 日至 14 日，第二十七届世界乒乓球锦标赛在捷克斯洛伐克首都布拉格举行。

在这次比赛中，中国选手共获得男子团体、男子单打和男子双打三个项目的冠军，可谓战绩辉煌。

在世界乒乓球锦标赛结束之后，容国团退役了。对此，贺龙安排容国团到国家乒乓球男子二队当教练。

贺龙不愧为一位伯乐，他很了解容国团，知道他久经沙场，经验丰富，而且足智多谋，是一员难得的将才。

其实，容国团当年在香港也曾先后在公民健身会、太古俱乐部、东方戏院、康乐馆等俱乐部当过教练。当时他只有十六七岁，是香港最年轻的教练。

容国团从到国家乒乓球男子二队当教练这天开始，便严格要求自己，事事认真负责。在教练工作中，既能及时发现问题和解决问题，又能调动队员训练的积极性，从而有效地提高了运动员的技术水平。

容国团反对队员盲目模仿自己的技术打法，认为队员完全照教练的样子来打球，不会有出息；而教练完全按自己的样子来教，则是没有本事。

对此，容国团说："必须把自己成功的和别人成功的东西教给运动员。"

容国团根据乒乓球运动的发展趋势和队员的实际情况，抓住主要问题，为队员指出努力方向。在他的精心培养下，培养了出区盛联、于贻泽、周兰荪、王家声等一些具有高水平的运动员。

队里要求很严格，每天都是按部就班，日常课程为出操、训练、学习、讨论战术等。

在容国团的悉心培育下，区盛联的技术进步得非常快，被称为多面手"小容国团"。

在容国团的几个徒弟里，周兰荪的气力非常大，是一个"重炮手"，打法凶狠，虽然打球历史比庄则栋、李富荣早，但技术上还不够全面，对外比赛成绩也不好。他曾经什么都想学，看见这个队员发球抢攻技术好，或那个队员削球反攻技术好，就都想学会，结果反而什么都学不好，也更谈不上什么特长。

因此，有的队员就逗他说："战略上藐视敌人，战术上也藐视敌人。"

对此，容国团循循善诱，用自己打球的体会来启发周兰荪说："过去打球是因为体力差，所以脑子想得比较多，靠用灵活多变的打法巧取对方。而你体力比我好，杀球力量大，就应该充分发挥你左推右攻的特长，打好实力战，再据此有目的地去加强薄弱环节，千万不要丢掉特长抓特短，搞得越来越没信心。"

周兰荪听后，高兴地说："是啊，我过去老犯这个毛病。"

周兰荪得到容国团的指导，知道了问题所在，信心也就加强了。经过几个月的训练，不论在技术上还是在战术上都有了相当大的提高。

1964 年元旦，在一次国内高水平的比赛中，他第一轮仅以 2 比 3 负给世界双打冠军张燮林。

之后，他以 3 比 2 和 3 比 1 战胜世界双打冠军徐寅生和世界单打亚军李富荣两名高手。

容国团对周兰荪的出色表现感到极为满意与欣喜，反而对他要求更严格。

容国团曾在周兰荪的训练日记本里这样写道：

> 我认为这次比赛从各方面来看，表现是不错的，尤其是虽然输给张燮林后还没有气馁，直取李（富荣）、徐（寅生）两人。对张燮林用持久战的战略是对的，问题是具体战术运用时，突出不够大胆和果断，只有中等力量，而没有重板扣杀，因此，中等力量的作用也就不大了。其次，在相持时，如 17 平、18 平，往往失分，即不够过硬，是否在这个时候，不相信自己，信心不强呢？

容国团为了能够让周兰荪进一步提高水平，给他加强体能训练，并制订了一个训练计划：

星期一、三、五、六早上6时25分至7时20分进行推举、俯卧撑、大哑铃、双臂屈伸的四次上肢力量练习；下午练完球后，进行杠铃的深膝蹲下肢力量练习；运动量逐步有计划增加。

容国团认为："头几天必然会反应较厉害，甚至会影响打球，但这一点一定要坚持下去。"

一个星期后，对于周兰荪的训练程度，容国团又在他的训练日记本里批道：

你说有时候体力不好，注意力不够集中，还会影响训练质量，世界比赛屈指可数，望咬牙坚持，经常以为集体事业贡献一切力量为己任……

在容国团的悉心指导下，周兰荪的技术越来越全面，成为"实力派"人物。

周兰荪在回忆中感慨地说：

我在容国团的指导下，进步很快，他当我们的教练是很难得的，他很聪明，是个天才。

后来，周兰荪在参加第二十八届世界乒乓球锦标赛中取得了男子单打第三名，最终成为我国最优秀的乒乓球选手。

容国团在执教期间，还广泛地学习和阅读了国内外军事理论著作和军事史记等书籍，并做了详细的笔记心得。他对军事方面的知识了解之多，常常是令人吃惊的。

有一次出国访问时，容国团同一位意大利人交谈，容国团讲起了意大利民族英雄加里波地，讲到了他打仗时的战略战术，让这位意大利人感到非常惊讶。

对此，这位意大利人感慨地说："你比我这个意大利人更了解他。"

毛泽东亲点容国团

    1964 年 10 月，在北京隆重召开国际乒乓球邀请赛，国家体委主任贺龙出席了这一邀请赛。

    在这一次比赛中，中国女队作为东道主一败涂地，全军覆没。

    坐在主席台上的国家体委主任贺龙看完比赛，极为生气，他用烟斗敲着大腿，激动地表示：第二十八届男队再拿三个杯子也是交不了差的，女队非要打翻身仗不可。

    其实，早在此前的第二十七届世界乒乓球锦标赛中，中国乒乓球女队已经从第二名掉落下来。结果被外国人嘲笑说："中国女子就是没有参加决赛的资格。"

    对此，体委领导感到女队存在的问题很多，除了队员思想保守，士气不高之外，更重要的是教练的水平低。更何况现在离第二十八届世界乒乓球锦标赛只有 4 个月了，必须找一个能够扭转乾坤的教练来训练女队运动员。

    一天，中国乒乓球女队的办公室响起电话铃声，女队教练孙梅英拿起电话，只听话筒里传来一个深厚的男音："你们这里是乒乓球女队吗?"

    "是呀。"孙梅英听出话筒那边传来了的声音是毛主席的声音，颇感震惊。

"你是谁呀?"话筒那边问道。

"我是孙梅英。"

"啊,孙梅英同志呀,你们女队要打翻身仗,应该找容国团同志担任女队主教练嘛,我看他准行!"

"谢谢毛主席。"孙梅英接到这个"最高指示"之后,便立刻向上级汇报了。

原来新中国的最高决策者毛泽东在观看了多场比赛后,还特别注意到了容国团的情况。

无可否认的事实是,容国团在接连为自己和祖国取得两项桂冠,他的人体生理的自然规律已经过了高峰期之后,体能要比常人消耗得要快。

毛泽东指派容国团为中国乒乓球女队的教练时,容国团还一无所知。他正待在自己的宿舍里看书,桌上泡着一杯茉莉花茶,左手夹着一支香烟。

这时,女队教练刘兴来到容国团的宿舍,容国团见刘兴进来,便问道:"刘指导,有什么事情吗?"

"刘备破曹营,三顾茅庐。"

"你夸奖了,鄙人不才,怎敢与诸葛孔明相提并论。"

"你还蒙在鼓里,党委已经研究决定,由你担任女队主教练,带领姑娘们去夺取世界冠军啦。"

"我——"容国团怔住了,他一时不敢相信,这副艰巨的担子竟会落到自己的肩上。

他望着桌上女朋友黄秀珍的照片,深深地吐出一口浓烟,两条眉毛紧了一下。

刘兴也觉察到他的心思，便开解说："现在离世锦赛时间很近，任务相当重，你的婚姻问题是否可以考虑推迟一下，等第二十八届世锦赛女队打了翻身仗再办喜事也不晚。"

　　容国团感到自己受命于危难之时，他的热血一下子沸腾起来。他把烟蒂按在烟灰缸里，站起身斩钉截铁地说："既然组织信任，我干！"

　　后来，容国团知道他去女队当教练是毛主席亲自点的将，更是激动万分。因此，他一到女队就憋着劲儿，下定决心一定要拿到世界冠军。

　　女队主教练的任命下来之后，容国团每天蹲在训练场观察队员的特点，详细做记录，训练后逐个找队员谈话。他多年来习惯性的午睡，也顾不上了！他把午睡的时间用来批阅队员们的训练日记。

　　容国团原定于1964年底结婚的日期也向后推迟，颇有不立业不成家的劲头。就连元旦、春节这些节假日，他都没有用来休息，而是考虑如何实施下一步的训练计划。平时容国团喜欢听音乐、下象棋这些娱乐活动也全部抛在脑后。对于女朋友，他更没有时间多陪了。

　　"秀珍，我很累，今晚不到外面走了，好吗？"容国团请求说。

　　"不去就不去。"黄秀珍没有撒娇，她理解容国团的担子有多重。

　　为了尽快投入工作中去，容国团刚到女队，便向几

培养后备军

位女队教练员了解队员的技术情况。他常到孙梅英家里谈工作。

容国团还倾听多方面的意见，协助他工作的梁友能教练在战略、战术方面提出："女队主力直板攻球手李赫男和梁丽珍善于对付欧洲横拍选手，横拍削球手林慧卿和郑敏之适宜对付日本直拍的高手。"

容国团听后，便表示赞同。于是，就对这几个运动员进行了重点培训。

在训练方法上，容国团采用"一把钥匙开一把锁"的办法，找每一个主力队员进行谈心。

李赫男是中国第一个能拉弧圈球的女选手，她擅长于两面攻球。但是，她性情柔弱，胆子小，比赛时碰到下旋球，不敢果断反手起板。

容国团看到她这个弱点，便特意培养她的勇敢精神。他知道她最怕游泳，就非要她到游泳池学游泳。

可是，当李赫男走到池边，双腿就发软，怎么也没勇气往下跳。

容国团见她犹豫不决，便立即下命令说："跳呀，现在是看你敢不敢冲破这道夺魁的关隘。"

李赫男听后，便鼓足勇气，紧闭双眼，硬着头皮跳到水里去了。就这样，她慢慢学会了游泳，并且能游上千米，这使她的意志力大大增强并且体力也大大增加了。

另外，李赫男在训练时，态度总是不够严肃，打得痛快了，就满场哈哈大笑起来。

容国团碰到这种情况，便立即过去严厉地批评了她一顿，不留半点情面："李赫男，你疯了，这里是什么地方，严肃一点。"

李赫男第一次受到这样严厉的批评，脸一下子红了。后来，她在训练中只要稍一放松，就会想起容国团那副严厉的面孔，以及带刺激性的语言。

后来，她自己也说："我并不是单纯因为怕他，主要还是认为他讲得对。他若是轻描淡写地说，我也许不在乎，他说得重，我的印象才深，改起来才快，我一直在内心感谢他对我的批评，使我头脑清醒了，训练认真了。"

另一位运动员梁丽珍的弱点是，在关键时刻常常是缩手缩脚，不敢再进攻了，尤其是到了 20 平以后就更不敢再打进攻球。当教练对她进行批评后，她又走向了另一个极端，变得见球就攻。

对于她的这个弱点，容国团毫不客气地指出："现在你这样练球应付我是没有用的，我能原谅你，但国家和人民能原谅你吗？"

接着，容国团针对她的具体问题说："你主要还是没有抛掉个人患得患失的情绪，关键时刻不敢放开手脚打进攻球，这样打不出水平。"

梁丽珍听后点点头，容国团就又启发说："本来嘛，我们从事乒乓球运动以后，已把青春献给了祖国的体育事业，如果我们不敢去拼夺世界冠军，那终身将会抱憾的，人生能有几回搏呢?"

容国团的话深深地印在梁丽珍的心里，后来梁丽珍在训练日记中写道:"我要做一个有用的人，不要做饭桶，不拿世界冠军，今生不放下球拍。"

她还特意和李赫男用白锡纸做了一个"考比伦"杯放在宿舍的书桌上，让人家都来看，谁练球不顺手、不称心、不刻苦或想怄气时，只要看看这只小奖杯，就会想到重任在肩。

梁丽珍是全队最勤奋的一位姑娘，她身上多处受伤，最累的时候，走路都是一瘸一拐的。但是，步法不灵怎么能打出好球呢? 于是，她在练球的时候，向伙伴提出来:"你拼命给我送球，打得我越别扭越好。"

为了增强腿力，她向举重运动员陈镜开请教，请他指导她练蹲功、练杠铃;在练习长跑的时候，她总要再多跑几百米的侧身跑。

有时，她练得实在是太累了，但是，她为了具有过硬的能力，还是坚持训练到底。在这时，她会从小包里掏出有"身负重任"4 个字的小标语牌挂在球网上，然后她就又鼓起勇气，继续投入训练当中去了。

可以说，容国团很注意发挥队员的特长和优点，很爱惜人才，因材施教。他对那些技术稍差但很有潜质的队员也非常看重。

有一位打两面攻球的队员叫魏淑萍，她基本功不太好，别的教练都认为她不是打球的好材料。

而容国团却发现她反手攻球命中率极高，非常欣赏她这一点，就鼓励她说："黑珍珠啊，你的侧身正攻球是全女队中最好的。"

容国团的话虽然说得不经意，却极大地鼓舞了魏淑萍，增强了她的自信心。从此她开始注意发挥个人的特长，刻苦用功，进步极快，后来成了主力队员。

在紧张的训练期间，容国团是极为严格的。当他发现队员训练不够认真时，就会严厉地说道："打球为了什么，翻不翻身。"他的话是那么推心置腹，因此谁都不敢不听他的号令。

容国团还经常在练习或队内比赛中，突然对队员说："现在就是世界比赛最后三分球！"锻炼队员的实战能力和培养她们敢打敢拼的精神。

有的队员开局好，结局差，关键时刻手软拿不下，容国团便给队员讲"叶公好龙"的故事，并说道："咱们每天讲为祖国争光，真的到了决赛的时候，就在那几分球的争夺，绝不能怕！"

由于容国团能摸透每个运动员的脾气、性格、心理状态和思想表现，帮助她们解决技术上和思想上的问题，在队员的心目中，容国团的威信大大增加了。

2月初，在北京的大地上，北风呼啸，天空飘落着雪花。

每天天刚亮，容国团就带领着姑娘们进行做操、跑步的训练。他们冒着刺骨的风雪，在体育场的跑道上不

培养后备军

停地奔跑着。

为了使姑娘们能够得到更好的训练，容国团专门把已回到广东队打球的区盛联调回北京，给女队员做陪练。

"今天你是松崎呵，给我模仿她的打法。"郑敏之向区盛联要求道。

"好，就练松崎。"区盛联说。区盛联就这样给姑娘们当陪练，使她们在技术上得到了提高。

容国团还特意请来了男队的徐寅生、庄则栋、李富荣等优秀运动员，为她们模仿欧洲和日本名手的打法。

他们拿起球拍示范，把自己如何从不过硬到过硬的经验，详尽地告诉了她们，指出打好每一个球都必须靠平日一板一板地提高技术。

最后，女队队员们表示："要像容国团说的那样去'搏'，像徐寅生在对女子乒乓球队的讲话中说的那样'豁出去'！"

作为一位教练员，不但要言教，还要身教。为了使队员技术过硬，提高训练的质量，容国团不仅认真观看，做笔记，还亲自拿起球拍，陪队员练球。这样不仅调动了队员训练的积极性，同时还可以掌握她们的技术情况。

容国团针对队员们怕什么，就专门练什么，专门训练她们的薄弱环节。

比如，梁丽珍步法差，他就拼命用攻球打她左右方两大角，直累得她连抬腿的力气也没有了。

他还吸取了日本女排贝家教练的多球训练法，加强队员单位时间训练的密度和强度。他每天让队员一练就是上千球次，一直练到体力的极限。

有一个队员叫李莉，她练了一个小时就累得跑不动了，泪水不断地涌出来，不想再练了。

容国团看见后，就冲着她大声说："快练!"并且强迫她又继续练上两个小时。

姑娘们白天练得疲惫不堪，在夜里做梦都在叫着："哎呀，传不动了。"

尽管容国团对姑娘们的训练极为严格，但是他与队员之间的关系仍是非常融洽，有说有笑。

一次，容国团让任田径教练的未婚妻黄秀珍为队员们练腹肌和速度。

姑娘们见黄秀珍架着一副眼镜，开玩笑地说："容指导，你说不喜欢女同志戴眼镜的，为什么你还找一个戴眼镜的女朋友呢?"

"哟，那天晚上跳舞她穿得很漂亮，身材又好，容指导被她迷住了，这是'爱屋及乌'嘛。"姑娘们调皮地笑弯了腰。

"毛丫头，少多嘴，快回去训练。"容国团含笑带哄，由黄秀珍指导她们去练习。

但玩笑归玩笑，在训练时容国团就不允许再开玩笑了。此外，容国团对姑娘们的训练方法也是极有独到之处的。

他根据李赫男原来的拉高吊弧圈而伺机突击的特点，

指导她采取虚实相间的办法，说："当对方比较集中对付你的高吊时，你可以用几个前冲打乱对方，然后再回来打自己的特长，如此反复运用，最后赢球的还是特长。"于是，李赫男又增加了拉前冲弧圈球的技术训练。

林慧卿是打削球反攻的运动员，比赛中她的加转球很有效，可是日本选手在吃过她的苦头后，便一个劲儿稳拉，引她反攻"自杀"，前任教练在场外指导时，要她"少加转"，但林慧卿不接受。

而容国团指出她的优势在削，说："位置合适再加转。"当林慧卿反攻丢球时，容国团则说："削出机会再攻，而且要坚决大胆反攻。"

这种心理指导对她产生了很大的效果。容国团还在她的训练日记上批道："既然确定了运用某一套战术或某一种技术，就应相信它，肯定它。如果边运用边怀疑，当然收不到效果，就算优点也会变成缺点的。"

林慧卿也颇为感慨地说："有了容国团当场外指导，我打球特别有劲儿，信心更足了。"

可以说，容国团是一位多谋善断，用兵不疑的出色教练员。

女队备战世乒锦标赛

1965 年 3 月，在临近世界乒乓球锦标赛的一个月，容国团要求每个队员要时刻铭记身负为国争光的重任。并做到每日三省：

一、是否忘了翻身重任？

二、是否依靠党的领导？

三、是否勤奋？

中国乒乓球队在即将参加世界乒乓球锦标赛的前夕，领队招集容国团、梁友能、薛伟初、孙梅英等几位教练召开会议，研究女队比赛的策略。

他们在通盘考虑与分析后，对整个团体赛作出部署：打日本队攻球手，出横拍；打欧洲队削球手，出直拍。

但是，选用哪四个人参加团体赛呢？教练们初步选定了林慧卿、李赫男、梁丽珍为主力队员，而第四个人选，却一时难以决定下来，他们想要在狄蔷华和郑敏之两人中选择一个。

然而，对这两个人的甄选，他们实在是伤了一番脑筋。这两人的技术各有所长，狄蔷华是女队队长，曾参加过世界级比赛，经验比较丰富；郑敏之曾在第二十七届世界乒乓球锦标赛前不久，由于女队队员后继无人，再加上领导考虑出奇制胜，所以挑选她作为第五名重点队员来培养。

但是，经过一段时间的观察，大家感到她各方面都不太成熟，特别是在思想上。在北京邀请赛中，她以 3 比 0 打败了日本队关正子这位世界级的高手，自己以为完成了任务。接下来，让她迎战日本队深津尚子时，她没有思想准备，也没有认真地面对，结果输给了这位与她实力相当的对手。

当时，领导和教练对她的轻率狠狠地批评了一顿，她感到很委屈，哭着说："你们干吗呀，我赢了关正子，还要我怎么着。"对此，领导和教练都感到她幼稚可笑。因而，这次团体赛大家都倾向于狄蔷华。

就在此时，郑敏之却主动请缨，要求挑起这个重担。她给领导写了一张条子："我要求参加团体赛，我相信自己能打败日本队，请领导批准。"

这使得大家都愕然不已，认为她这样做未免有些天真了。可是郑敏之却坦率地说："我要求请战是经过反复思考的，我觉得我的削球对付日本队的打法比其他的队友更有利些。"

随后，她又写了一份请战书，表示个人的坚决态度。这引起了领导和教练的重视，于是大家又把注意力投向了郑敏之。

容国团首先提出："郑敏之的请战，看看大家的意见。"

"我看郑敏之这个小姑娘很有志气，可以考虑。"傅其芳表示同意。

孙梅英略有犹豫地说："不过，郑敏之比较任性，我怕她在关键时刻出问题，那时候就很难办了。"

通过反复讨论，最终大多数人接受了容国团选用郑敏之参加团体赛的提议。他早就看中了郑敏之对付日本选手的优势。其实，他早就有意识地加大她的训练量，确立日本队为她的主攻目标。

几个月来，容国团一直关注着国外乒坛形势的进展，并进行认真的研究分析。

容国团认为，从局部场次看，与关正子、深津尚子比较，林慧卿、郑敏之占优势；从技术上看，林慧卿在第二十七届世乒赛就淘汰过关正子，郑敏之的技术也不低于深津尚子；但从总的比分看，日本队占优势。

他又对近来日本舆论界的评论进行分析。容国团从评论中发现，日本队教练没有注意到林慧卿和郑敏之这两匹烈性的黑马，而且对中国的实力估计很低，出两个横拍手打日本，正是出其不意，攻其不备。

他在日记中写道：

　　在世界乒坛日益发展和你追我赶的形势下，只有敢于创新，才能跑在别人的前面。

容国团打定主意后，来到老前辈梁焯辉教练家里，说出了自己的计划："目前对付日本队，选用两个直拍手去打是比较难打，未必有利，如果用两个横拍手上阵，可能会转变日本队的注意，对我们有利一些。"

"用两个横拍手？出谁呀？"梁焯辉诧异地问。

"我已准备了两手，如果对付欧洲队就用直拍手李赫男和梁丽珍；若对付日本队，就出林慧卿和郑敏之，打他个措手不及。"容国团说。

"你一下子出两个横拍手似乎有些冒险呀？"

"是有些冒险，但在目前的形势下不冒险是不成的。"

"我原考虑出横拍手林慧卿，她基本功好，可以对付日本队，郑敏之比较嫩，不知她行不行呢？"

"用人不疑，疑人不用，我看郑敏之行的，她有古怪球，尤其正手削过来的球很转、很快，一面转一面快，日本人不一定能适应得了。"

梁焯辉颇有疑虑地说："是吗？这点冒险性，你要慎重考虑一下。原则上采取出奇制胜的办法总是可以的，但是一起出两个横拍手过去没有先例。"

"路是人走出来的，这个疑阵我布下了。"容国团极为果断地说。

随后，在3月27日晚上，在运动员宿舍的一个小会议室，教练和队员们召开了备战会议。

梁丽珍首先发言："在团体赛中，要打几场硬仗。这几场硬仗我不一定需要出场，林慧卿、李赫男、小燕子比我合适，假如需要我出场，我也还是有信心的。"

接着，孙梅英、李赫男、狄蔷华等人也相继发言。

容国团在听完大家的意见后，便总结说："我们应当从全局着眼来考虑问题，比方说，你想主要从这边赢球。"容国团动动自己的右臂，接着又说，"那么你就得准备在这边输几个球。"他又动动自己的左臂，说道："输它几个，赢了全局，还是合算的。不能企图一个球也不输，不能平均使用力量。没有失，就没有得，舍不得输，就不能赢。做什么事情都得花点代价！"

容国团用辩证唯物论来解释战术，使大家对参加世界乒乓球锦标赛更加增强了信心与勇气。

女队获世锦赛决赛权

1965 年 4 月 15 日，第二十八届世界乒乓球锦标赛在南斯拉夫的卢布尔雅那市新建的蒂沃利公园体育馆召开。

来自世界五大洲 46 个国家和地区的 366 名选手云集在这里，他们都将在这个乒坛擂台上一展身手。

4 月 16 日上午，中国女队肩负着全国人民的希望，怀着必胜的心理，进入了赛场。

第一场战斗，她们以 3 比 0 战胜荷兰队，打响了第一炮。

当天下午，容国团为掩人耳目，派梁丽珍、林慧卿和郑敏之对付苏联队，结果中国女队以 3 比 1 获胜。当林慧卿和郑敏之初露锋芒之后，容国团又不让她们上阵了，他准备藏器待射。

第二天上午，李赫男和梁丽珍迎战西德队。第一场李赫男对布雷崔兹。李赫男见到万人轰动的场面，就开始紧张起来，结果没有发挥出她两面快攻的特长，输了第一局。

李赫男心里慌乱起来，但当她看到坐在场外的容国团时，一副镇定自若的神情，便感到他对自己还是充满了信心的。于是，她定下心来，放开手脚打，很快赢了后两局，并在这场比赛中为中国队赢得了 3 分。

当晚，中国队与东道主南斯拉夫队交战。在开战前，容国团鼓励队员们说："要果敢、镇定，夺取胜利。"

比赛开始，当地观众喊得很起劲儿，简直是震耳欲聋。身披蓝色运动衣的南斯拉夫运动员，每取得一分球，观众们就摇旗呐喊："蓝色的好！"

面对这一切，穿红色运动衣的中国直拍快攻手梁丽珍并不为之所动，只见她猛打猛冲，最后以2比0的悬殊比分获得胜利，压住了狂热的呐喊声。

紧接着，是李赫男出场，两人一交锋，便把阿尼奇打了个15比0，结果以21比2和21比4直下两盘，很快便结束了战斗。

中国队与罗马尼亚队争夺决赛权的时候，容国团便决定让李赫男和梁丽珍出战。

比赛前，全队在她们的卧室开了半个小时会，领队张均汉提出："争取3比0胜，准备0比2落后，也要拼到底。"

容国团则郑重地说："这场球你们已经考虑得很多了。这个会只是把主要之处再明确一下。我认为取胜的技术基础是具备的，关键在于打出风格，打出水平。"说完，他和领队离开了房间。

李赫男托着腮帮，凝神望着床头端端正正摆放的用锡箔纸自制的"考比伦"杯，思绪万千。

这个"考比伦"是乒乓球女子团体冠军杯。从1934年第八届世界乒乓球锦标赛开始，增设女子团体赛项目。

这届比赛在法国巴黎举行，主办国法国乒协主席马赛耳·考比伦先生捐赠了以他的名字命名的奖杯，作为女子团体赛的优胜奖杯。从此，这个奖项便一直传承下来。

此时，李赫男拿起笔，伏在桌子上写道：

> 女队翻身已经叫了两年了，平时叫得再好也没用，现在这个关键时刻是"搏"的时候了，不能怕，要有豁出去的精神。

这时，曾参加过前几届比赛的梁丽珍，也凑过来在纸上写道：

> **打在前面，坚持到底！为中国人争气！**

她们互相激励着对方，决心一定要打胜这场仗。

4月18日14时15分，中、罗拉开了交战帷幕。

李赫男第一个披甲上阵对康斯坦丁内斯库。

李赫男以稳健的上旋球拉杀结合，暂时领先。但是，对手稳削稳打，章法不乱，一直追至8平。李赫男见她穷追猛打，内心有些急躁了，结果连攻3球失分，反以8比11落后。

李赫男沉住气，灵活运用战术，拉出不同线路的弧圈球及辅以左右开弓的扣杀，才使比分又一直领先到20比14。

康斯坦丁内斯库也临危不惧，发起反攻，连得两分，但最终还是抵御不住李赫男那连珠炮似的轰击，以 16 比 21 输了第一局。

开局失利，康斯坦丁内斯库有些怯阵了，第二局以 9 比 18 落后，她索性弃守为攻，却连连反击失误，终于败下阵来。

第二场，梁丽珍对亚历山德鲁，初次交锋，她就拼命扣杀，因打得过猛，致使开局 3 比 8 落后。

这时，容国团的训示在她耳畔回响："勇敢不是要瞎打，要冷静果断地处理每一个球，用自己的特长，打对方的特短。"

梁丽珍这才冷静下来，决定稳中取胜。一个球往往拉几十板，看准机会再下杀手，在稳扎稳打之后，她连追 6 分领先。她又用声东击西的战术，打长球放短球，使对手常扑救不及，双方一直战到 19 平。

在这关键时刻，梁丽珍吸取上届失败的教训，她一连发出了两个高难度的球，抢攻得手，赢了一局。

第二局，她再接再厉，发挥中国队特有的"快、准、狠、多变"的战术风格，一口气压到 15 比 10 领先。对手见势不妙，全力搏杀，但仍然是力不从心。

这时，她的同伴们为她加油呐喊："玛丽亚，玛丽亚！"然而，她已感到很难再挽回败局了，摊开双手，摇摇头，最终不得不败下阵来。

第三场双打，中国队两员快攻女将又乘胜出击，直取两局。这场战斗只用了 55 分钟就结束了。

对于罗马尼亚的惨败，欧洲一家报纸以《辛酸的总结》为题，评论道：

> 多年参与共同决定世界乒乓球水平的亚历山德鲁，被两位 20 岁的中国姑娘破除了魔法，她们特别聪明，又特别节约地使用了强大的进攻武器，面对着这种致命的袭击，连亚历山德鲁这样的"橡皮墙"也一筹莫展了。

中国队一路冲杀，终于杀进了决赛，中国队与日本队将争夺团体赛的冠军。

4 月 18 日深夜，在卢布尔雅那市中心的"象"旅馆，住着参加第二十八届世界乒乓球锦标赛的各国代表团。

在中国代表团团长荣高棠的住所，各成员集中在这间房子开着会议。明天，就是女子团体决赛了，如何指挥打好这场具有历史性重大意义的战役，大家都在紧张地研究讨论女队上场的人选。

在这个剑拔弩张的决战前夕，出场人选是需要缜密选择的。如果用兵不当，就会差之毫厘而谬之千里。

外国专家曾认为："中国女队直板不如日本，横板不如欧洲。"

然而，容国团提出的女队以两块横板对付日本队决战的方案，仍有少数人有着不同看法。当他们看到梁丽珍、李赫男这两块直拍快攻选手战绩显著，一路过关斩将，创造了两个3比0、三个2比0的纪录，无不欣喜异常。

于是，有人说："梁丽珍和李赫男士气旺盛，应该让她们一鼓作气打决赛，如果万一没用这两员大将，输了球谁也担当不起。"

还有人分析说："虽然我们的两块直板一直势如破竹，但是这个靶已被日本队瞄准了，她们有备而战，严阵以待。"

荣高棠团长坐在沙发上，倾听着大家的发言。这会儿，他呷了一口浓茶，目光停在旁边的女队主教练容国团身上。

这位久经沙场的前世界冠军，一直默不作声，凝神专注地倾听大家的意见。

荣高棠放下茶杯问道："容国团，你有什么意见？"

人们都把目光集中到容国团身上。

容国团望望大家，坦诚地说："战地之间，兵不厌诈，我主张出两块横拍去打日本队，这是谋划已久的，中国的横拍与欧洲的横拍有相同之处，也有自己独特的风格，日本人不一定能够适应。尤其是我们的两块直拍连战皆捷，声威大震，更使对方难于猜到我们的出场人选。所以，奇兵突袭，才是上策。"

荣高棠听后，满意地点了点头，果断地说："决定出一对横拍，这个风险值得冒！我们要敢于冒风险去夺取

111

胜利。"

容国团轻轻地舒了一口气。此刻，他用钢笔在秩序册上勾画了一会儿，然后把笔一搁，递给了坐在他身旁的总教练傅其芳，微笑说："看，这就是阵势。"

傅其芳以为他已排出了决赛出场名单，征求他的意见，接来一瞧，忍不住大笑起来，笑得大家都莫名其妙，都好奇地凑过来看。

原来秩序册上画的是一条龙，梁、李二字横贯龙身，龙头两侧分别写林、郑二字。傅其芳啧啧称赞说："好啊！由梁丽珍、李赫男来画龙，由林慧卿、郑敏之来点睛，真是妙极了。"

大家全都会心地笑了。正在这时，贺龙发来了贺电：

> ……希望你们敢打敢拼，再接再厉，争取更大的胜利。

这份电报使大家受到了极大的鼓舞，队员们暗暗下决心，一定要夺得冠军。

在参加决赛的这天傍晚，大家一起去吃晚饭。林慧卿端着菜汤边喝边思考今晚的决战。

突然，男队队员王志良向她扔来一个橘子。没有扔准，橘子落在了桌子上，快要滚下去时，林慧卿立即用盆子接住了，但是橘子溅起来的菜汤弄脏了她的衣服。她一屁股坐在板凳上，很不高兴。

坐在一旁的徐寅生见状，生怕影响她的比赛情绪，就开玩笑说："阿林，今晚'考比伦'杯最后还是接住了。"

林慧卿听后，"噗哧"一声，笑得前仰后合，郑敏之也在一旁捧腹大笑起来。

"去，去，去！"林慧卿表面责怪，心里却是高兴的。

这时，容国团指导向她们走了过来，提高嗓门说："今晚打决赛了，小燕子和阿林已经冲上去了，前面的障碍已经排除了，我们最后的一个堡垒是一定能够拿下来的。"

林慧卿问："今晚打决赛要注意些什么？"

容国团一字一句地说道：

> 重要的是大胆沉着，思想高度集中，既要有每球必争，寸土不让的勇毅，又要有不过分计较一城一池得失的精神。

林慧卿、郑敏之和队员们听后，都感到心中踏实了许多。

女队夺得世锦赛冠军

1965 年 4 月 19 日晚，一辆大客车从旅馆驶向蒂沃利体育馆，客车上的中国队员豪情满怀，放声高歌：

> 我们朝着一个理想进军，
> 胜利一定属于我们。
> 坚决为翻身而奋斗，
> 实现誓言就在今天！

比赛前 10 分钟，中、日两国运动员举行入场仪式，国际赛委会向观众介绍了中、日两国运动员。

经过抽签排阵，日本队获得主队之便，他们把关正子放在主要的位置上，深津尚子排辅；中国队则以郑敏之为先锋，林慧卿列为主将。

当排阵名单公布之后，许多观众为之不解。一些外国专家更对中国队选用两名横拍手感到不可思议。

日本队教练打了个冷战，他知道自己的队员就怕这两块横板，原先总带着侥幸的心理，估计中国队不会把节节胜利的直拍快攻手撤下。但是，他们没想到中国队兵行险招，一下子打乱了日本队的部署，致使日本队不得不仓促应战。

当郑敏之第一个上场时，林慧卿便叮嘱说："小燕子，我们平时流了那么多血汗，也是为了打好这场重要比赛，遇到困难时，你千万不能发急，一定要镇定。"

郑敏之点点头，伸过手来，让她看贴在手腕上一块一寸见方的胶布，那上面写着8个字："勇敢果断，顽强到底。"

郑敏之解释说："我怕用钢笔写在手上被汗水冲掉看不清，就想了这个办法。"

林慧卿笑着拍了一下郑敏之的肩膀，说："好，祝你这位先锋旗开得胜！"

当郑敏之一出场，顿时满场哗然："为什么中国队不出两个常胜将军的直拍手？"

首场开战，关正子首先获得发球权。她那攻球凶狠、准确的看家本领却在郑敏之的刁钻、稳削的打法面前变得不堪一击了。

于是，她放慢了攻杀的速度，一个球拉十板，甚至几十板，以罕见的"韧"比高低。

郑敏之也耐心地与她磨。这时，南斯拉夫的裁判员不知是有心还是无意，竟两次翻分错误，把郑敏之的得分加在关正子的记分牌上。

对此，坐在场外的容国团开始有些担心起来，怕郑敏之遇到这种不利情况会产生急躁情绪。但只见小燕子仍然沉着应战，不时以低而刁钻的削球弄得关正子左右奔跑，使比分一下子拉开到了13比7。

　　之后，关正子企图通过发球抢攻和突击挽回分数，而郑敏之依然是坚守阵地，救起了一个又一个险球，最终以 21 比 11 赢了第一局。

　　第二局，关正子仍很谨慎地坚持"持久战"，并改用多拉少扣伺机突击的办法，以 17 比 14 领先。

　　郑敏之毫不气馁，顽强拼搏，一口气追到 18 比 20。最后因削球出界输了这一局。

　　在决胜局中，郑敏之依然是斗志高昂，以严密防守、主动出击来打乱对方的稳扎稳打，最后以 21 比 12 赢了第三局。

　　一时间，比赛场外的观众人声鼎沸，全场响起了热烈的掌声，打破了刚才比赛时的寂静。

　　第二场开始后，林慧卿对深津尚子。其实，早在去年的北京邀请赛中，林慧卿就以非常接近的比分败在了深津尚子手下，她们基本上是一对势均力敌的对手，现在又狭路相逢。

　　临上场时，裁判员请林慧卿把毛巾拿到记分台上，准备在比赛中擦汗时用。

　　而林慧卿早已是摩拳擦掌，哪里还顾得上这个，便极为爽快地说："用不着。"就蹦跳着出场了。

　　果然，双方一交手，就相持不下。比分一直交替上升，当林慧卿以 14 比 16 落后时，仍然很冷静。她采用了削球低转，伺机抢攻的战术，一分一分地争回来，最后胜了第一局。

到第二局，林慧卿又被深津尚子扳回了一局。两人战成了平局。

　　最后，在决胜局中，林慧卿战胜了日本队的深津尚子，眼看中国队胜利在望。

　　对此，郑敏之对林慧卿说："现在我们是 2 比 0 领先，但一点不能放松，要当 0 比 2 来打，直到最后一分到手为止。"

　　林慧卿也有力地说道："力争 3 比 0 胜，也要准备艰苦作战，打到 3 比 2。"

　　双打比赛开始，吃过这两把"软刀"苦头的关正子和深津尚子，按照过去取胜的经验，死命稳拉，不敢贸然攻球。

　　但林慧卿、郑敏之士气很高，比分一路节节领先。日本队见此路不通，便改用长抽猛击，但又被两名女队员的古怪削球给堵回去了。

　　在最后一局中国队以 20 比 14 领先时，关正子面对全线崩溃的状况，竟把应由对方发的球紧握在手中不放，经裁判提醒才歉意地把球扔出来。

　　但是，这一分球，却斗了几十个回合，也未分出胜负。最后，郑敏之见吊来一个又急又旋的高球，便居高临下一记重扣，球在击中对方的台面后，弹出两丈多远，日本选手眼睁睁地看着那个白色小球滚落地上。

　　中国队以 3 比 0 的绝对优势，击败了雄踞乒坛冠军宝座 8 年之久的日本女队。

霎时间，全场欢声雷动。

容国团情不自禁地第一个冲上前去，与郑敏之握手，然后把她紧紧地拥抱在怀里。小燕子也激动得流下了眼泪。接着，所有的人都围住了她们，大家欣喜若狂。

摄影记者们也都纷纷抢着拍下了这个具有历史意义的珍贵镜头。

在欢呼声中，容国团带领着中国女队选手登上了领奖台。他接过"考比伦"杯，把它高高地举过头顶，向鼓掌的观众表示谢意。

接着，容国团又转过脸，轻声地对几位姑娘说："我们是世界冠军了！可千万不能骄傲啊！"

然后，他又吻着奖杯说："今后我们还要连捧它三次，让'考比伦'杯在北京生根！"姑娘们一齐向他点头。

中国女队胜利的消息，传遍了全球。外国通讯社发表题为《呱呱叫的中国人》的评论文章说：

中国人这种大胆策略，将在世界乒坛中传为佳话。这一胜利令人信服地看到了旭日东升般的新中国。

本书主要参考资料

《国史全鉴》本书编委会编　团结出版社

《共和国五十年珍贵档案》中央档案馆编　中国档案
　　出版社

《中国现代史资料选辑》彭明主编　中国人民大学出
　　版社

《共和国要事珍闻》郑毅　李冬梅　李梦主编　吉林文
　　史出版社

《闯与创》庄则栋著　中国展望出版社

《中国人不是"东亚病夫"》夏天岛编　二十一世纪
　　出版社

《风云七十年》郭德宏主编　解放军文艺出版社

《中南海三代领导集体与共和国文化实录》张湛彬主
　　编　中国经济出版社